Lorient *l'interdite*

Anne-Soizic LOIRAT

Lorient l'interdite

Collection

ENQUÊTES & SUSPENSE

Quadri Signe - Editions Alain Bargain
125, Vieille Route de Rosporden - 29000 Quimper
E-mail : contact@editionsalainbargain.fr
Site Internet : www.editionsalainbargain.fr
Facebook : https://www.facebook.com/editionsalainbargain

Aux Éditions Alain Bargain

Dans la collection
® ***ENQUÊTES ET SUSPENSE :***

Vincent Cabioch
- 5 Diables Verts à Huelgoat
- Un autre voyage à Nantes

Jean-Jacques Égron
- Marais mouvant dans le Golfe
- Tracto Breizh
- Embruns toxiques sur Lorient
- Les Privés du Croisic
- Vannes à l'encre rouge
- Les oubliettes de la Presqu'île
- Engrenages sur la Côte Sauvage
- Gros plan sur La Gacilly
- Plein les fouilles à Gavrinis
- Maléfices à Brocéliande

Séverine Le Corre-Mongin
- Drame en Morbihan
- Dernière note à Pontivy

Bernard Kopka
- Secret de tombe à Paimpol

Solenn Colléter
- Lettres de sang sur la Côte Sauvage

Jean-Pierre Farines
- Brume sur la Presqu'île
- La route de Rocamadour *(épuisé)*
- Le Phénix est mort à Camaret
- Cercueil vide en Mer d'Iroise

Aux Éditions Alain Bargain

® *Dans la collection* ***POL'ART :***

Serge Le Gall
- Sombre dessein à Pont-Aven
- Meurtres du côté de chez Proust *(épuisé)*
- Eaux-fortes à Ste-Marine *(épuisé)*
- Ciel rouge au Pouldu *(épuisé)*

Stéphane Jaffrézic
- Toiles de fond à Concarneau
- Le Rubis de Châteauneuf-du-Faou

REMERCIEMENTS

- À Philippe et Luc-Alexandre, je vous aime.
- À ma famille.
- À ma sœur…

Cet ouvrage de pure fiction n'a d'autre ambition que de distraire le lecteur. Les événements relatés ainsi que les propos, les sentiments et les comportements des divers protagonistes n'ont aucun lien, ni de près ni de loin, avec la réalité et ont été imaginés de toutes pièces pour les besoins de l'intrigue. Toute ressemblance avec des personnes ou des situations existant ou ayant existé serait pure coïncidence.

I

Le ronronnement régulier qui emplissait la salle des machines s'était tu au moment même de l'explosion. C'était à cet instant-là aussi que les lumières s'étaient éteintes et, depuis qu'avait commencé le règne de l'obscurité, la fillette était restée immobile, paralysée par la peur qui l'habitait.

Si elle avait pu prévoir le drame, elle serait demeurée sur le pont supérieur de ce paquebot qui voguait vers la France plutôt que de se hasarder ici. Elle se serait blottie tout contre Maman et aurait joué avec ses boucles brunes.

La fillette sentit des larmes lui piquer les yeux. Maman…

Loin devant elle, brillait une mystérieuse lumière qui dansait et virevoltait, exécutant l'originale chorégraphie d'un étrange ballet. Des flammes… Oui, c'était sûrement un incendie qui se propageait là-bas. Déjà, il léchait les structures du bâtiment. Plusieurs flammèches s'envolaient régulièrement du foyer central pour se multiplier plus avant. Petit à petit, avec une application soignée, l'incendie gagnait du terrain, détruisant tout sans la moindre pitié.

L'enfant ne bougeait toujours pas, prisonnière de ses craintes. D'ailleurs, qu'aurait-elle fait face au sinistre ?

Elle y réfléchissait lorsque l'une des passerelles s'effondra dans un fracas métallique. Presqu'aussitôt, un hurlement s'éleva à travers les ténèbres.

Puissant, aigu, il se répercuta contre les murs avec une violence extrême. Un hurlement que la fillette aurait qualifié d'inhumain s'il ne lui avait pas semblé, soudain, familier…

— Johnny ! cria-t-elle en se levant brusquement.

Rien.

Johnny avait crié… hurlé. Puis plus rien. Rien d'autre que le crépitement du brasier et la sirène d'alerte, stridente, oppressante, implacable.

— Johnny, Johnny !

Elle l'appela en vain et, comme la toute première fois, le jeune garçon, de deux ans son aîné, ne répondit pas. Pourtant, c'était ensemble qu'ils s'étaient aventurés ici pour leur partie de cache-cache quotidienne. C'est vrai que ce lieu offrait de merveilleuses cachettes, aussi multiples qu'insoupçonnées. Bien sûr, il était interdit aux passagers de venir s'amuser dans la machinerie, mais il n'y avait rien de plus attrayant que les plaisirs défendus…

Mais leur partie de cache-cache tournait au cauchemar. Pourtant tout avait si bien commencé…

*

— Je dois demander la permission à mes parents, avait-elle déclaré en se tournant vers John.

Le garçon avait aussitôt acquiescé et, si cette remarque l'avait surpris, il ne l'avait pas montré.

La permission…

C'était une notion toute nouvelle pour la petite fille. Avant, elle pouvait faire tout ce qu'elle voulait, dans la limite du "raisonnable"… De temps à autre, sa mère la sermonnait : elles n'avaient pas toujours le même point de vue sur les événements !

Mais depuis un peu plus d'un mois, beaucoup de choses avaient changé. Ses parents lui recommandaient avec gravité de ne commettre aucune imprudence. Ils souhaitaient toujours savoir ce qu'elle faisait, avec qui, à quel endroit, et elle devait continuellement rester aux côtés de Juan, son garde du corps.

En y repensant, cette nouvelle attitude datait du jour où Nougat, son poney, était tombé et qu'il était mort. Le jour de l'accident d'Eva.

Eva, la fille de l'ambassadeur d'Argentine, avait accompagné son père à Rio où tous deux devaient séjourner quelque temps. Les deux fillettes, d'âge égal, s'entendaient à merveille. Cet après-midi-là, alors que les adultes discutaient politique et relations internationales, Eva avait monté Nougat.

Quand le poney était tombé, il l'avait entraînée avec lui et Eva s'était cassé le bras droit. Le docteur avait déclaré qu'elle avait eu beaucoup de chance…

Après le départ d'Eva et de son père, l'atmosphère qui régnait au sein de l'ambassade de France était devenue tendue. Tout le monde semblait à l'écoute de la moindre fausse note.

Son père passait des heures plongé dans la lecture d'un de ses dossiers. Le plus épais que la fillette ait jamais vu ! Parfois, elle demandait de quoi il parlait, et son père répondait que ce n'était rien d'important, mais elle savait qu'il ne disait pas la vérité… D'ailleurs, quand il en discutait avec Maman, ils avaient constamment un air grave et parlaient à voix basse.

D'autres événements inhabituels survinrent les derniers jours. La fillette savait qu'il y avait un lien avec le fameux dossier. Sa mère la grondait lorsqu'elle se sauvait pour jouer avec ses copains dans la rue en dehors de l'ambassade et son père insista sévèrement pour qu'elle cesse de fausser compagnie à Juan.

Depuis qu'ils avaient embarqué sur le Neptune, ses parents et elle étaient seuls. Ici, ils ne craignaient rien, avait dit Papa. Alors on avait remercié les gardes du corps de l'ambassade.

Maintenant, ils n'étaient plus que tous les trois… comme une famille normale.

Mais la tension nerveuse de ses parents n'avait pas totalement disparu. Et, cet après-midi, lorsque, en compagnie de John, la fillette les rejoignit sur le pont supérieur du paquebot, elle les trouva près de la piscine, son père lisant une fois de plus l'épais dossier qui ne le quittait plus.

*

Le soleil chaud inondait de sa lumière le pont supérieur du Neptune. Le paquebot voguait à vive allure sur l'Océan Atlantique et menait tous ses passagers vers la France.

La route était longue depuis le Brésil, mais les clients tuaient le temps en participant aux diverses activités préparées à leur intention.

Lorsqu'elle arriva sur le pont, la fillette chercha parmi les nombreux couples qui bronzaient, allongés sur les transats de bois blanc, où se trouvaient ses parents. Elle les repéra bientôt, non loin de la piscine. Maman enduisait le dos de Papa avec de la crème solaire. Il fallait dire qu'avec sa peau si pâle d'européen et ses cheveux couleur des blés, Papa était sujet aux coups de soleil…

La fillette s'approcha d'eux. Elle contourna une petite table sur laquelle deux verres vides étaient abandonnés, avant de les rejoindre.

— Maman, puis-je jouer à cache-cache avec John, s'il vous plaît ? demanda-t-elle. Je vous promets d'être sage…

La femme releva la tête vers le jeune garçon qui se tenait un peu en retrait de sa fille. Il avait l'air timide et emprunté, ce qui la fit légèrement sourire. Son visage s'illumina de tendresse alors qu'elle reportait son attention sur la fillette blonde. Les cheveux de son père, le portrait de sa mère… Beaucoup de leurs amis cariocas avaient plaisanté à sa naissance en leur disant qu'ils ne pouvaient pas la renier !

— Bien sûr ma chérie, répondit-elle avec douceur. Mais faites attention, tous les deux, de ne pas déranger les gens en vous chamaillant, reprit-elle d'une voix plus ferme.

— Nous ferons attention, Maman, promit la fillette avant de faire volte-face.

— Attends une seconde, la retint sa mère.

D'un geste maternel, elle recoiffa les fins cheveux dorés et disciplina la mèche rebelle qui barrait le visage de sa fille.

— Va maintenant…

L'enfant ne demanda pas son reste et rejoignit John.

La jeune femme les regarda s'éloigner en courant vers la passerelle qui menait au pont Corail.

Elle versa à nouveau un peu de crème solaire au creux de sa main et l'étala délicatement sur la peau de son mari.

— Attention ! C'est froid… gémit Charles.

Depuis le début du voyage, il avait passé son temps plongé dans l'épais dossier qu'il devait impérativement présenter dès son arrivée à Paris. Son statut de diplomate ne lui permettait aucune négligence quant à ce genre d'affaire.

Pourtant, la présence de Julia à ses côtés ne l'encourageait guère à poursuivre son travail.

— Où est ta fille ? demanda-t-il en passant ses doigts dans les boucles brunes de sa femme.

— C'est la tienne également… renchérit Julia. Elle est en train de jouer avec ce jeune garçon qui la suit partout.

— Encore un qu'elle mène à son gré et qui acquiesce à ses moindres désirs… soupira Charles.

Il déposa un léger baiser sur les lèvres de son épouse et lui murmura à l'oreille :

— Le digne portrait de sa mère…

Julia sourit et ses joues rosirent sous son teint hâlé.

— Il va falloir que je trouve le temps de surveiller ses fréquentations lorsque nous serons en France et que toute cette histoire sera finie… poursuivit Charles.

*

Pour la première fois, la petite fille regretta l'absence de Juan. Lui aurait su quoi faire face à une telle situation. Elle s'approcha de la fournaise et, avec précaution, avança vers la passerelle qui s'était écroulée. Son sentiment de peur allait crescendo à mesure que la distance qui la séparait du foyer diminuait, mais Johnny avait hurlé et le cri provenait de cette direction. Avec obstination, elle poursuivit son chemin. La fumée lui brûlait les yeux et la gorge. On n'y voyait pas à un mètre. Tout était devenu noir, la fumée âcre et épaisse qui envahissait peu à peu tout le secteur, plongeait cette partie du bâtiment dans une semi-obscurité.

Elle avait essayé de s'échapper et tenté à plusieurs reprises d'atteindre la sortie mais dans quelle direction s'orienter ? Depuis longtemps, elle ne savait plus, au milieu de cette pénombre, l'endroit précis où elle se trouvait. Sur l'un des montants métalliques, elle voyait ce gros rectangle rouge s'allumer par intermittences accompagnant le hurlement de sirène qui lui déchirait la tête.

Face à elle, l'incendie progressait, ne lui laissant plus aucune échappatoire.

Des larmes de peur coulèrent, traçant d'irréguliers sillons roses le long de ses joues noircies par la suie. Elle se reprit très vite et ferma les yeux. Il fallait qu'elle s'habituât au noir car bientôt elle serait morte… Qu'importe, sa vie avait été bien remplie. Emmitouflée dans l'amour que lui portaient ses parents, elle avait connu le bonheur. Et du moins avait-elle vécu longtemps !

Elle se souvenait le mois dernier, lorsque son poney s'était gravement blessé et qu'il avait fallu l'abattre pour qu'il cesse de souffrir. A ce moment, Maman l'avait consolée en lui disant qu'il était déjà vieux… Il avait trois ans et serait mort prochainement de toute façon.

Elle, elle venait de fêter son cinquième anniversaire, donc, en toute logique, la Mort, avec sa grande faux aiguisée et son sombre manteau rapiécé, devait rôder autour d'elle depuis plus d'un an maintenant. Cette fois, son heure avait sonné.

Elle ne se rappelait pas avoir déjà ressenti une peur si grande auparavant. Elle avait du mal à déglutir et sa respiration se faisait saccadée.

Elle poursuivit cependant sa difficile avancée au milieu de la pénombre avec obstination.

Bientôt la chaleur se fit plus intense. L'enfant était tout près maintenant. Devant elle, la passerelle qui s'était écroulée gisait en travers des flammes, à moitié retenue par le reste de la structure. On eût pensé à un nouveau design de toboggan ultramoderne si la situation s'était prêtée à la plaisanterie.

Perdue dans la contemplation de cette vision qui lui semblait irréelle, elle poussa un cri lorsque la passerelle bougea.

Elle comprit enfin ce qui se passait.

Elle était en enfer ! Elle avait dû être tuée lors de l'explosion et voilà maintenant, en punition, le châtiment qu'elle devrait endurer pour l'éternité…

Son visage, déformé par la peur, se crispa davantage encore quand Satan apparut derrière le rideau de feu. Il était plus petit qu'elle ne l'avait imaginé et ne ressemblait pas à celui qu'elle avait vu lors du dernier carnaval. Mais, ce jour-là, c'était pour de mine, alors qu'aujourd'hui…

Satan s'approcha lentement d'elle. Malgré ses efforts, elle ne parvenait pas à distinguer son visage avec netteté. Il tendit vers elle sa main sombre et fumante et prononça son prénom. La fillette ne bougeait plus. Elle chercha à distinguer avec netteté cette silhouette noircie qui tendait vers elle une main tremblante. Une voix d'outre-tombe, familière, prononça son prénom. La fillette cria et se mit à courir dans le sens opposé.

Elle voulait fuir ce cauchemar, fuir John… ou plutôt l'amas de chair calcinée qu'il devenait !

Soudain une porte au-dessus d'elle s'ouvrit avec fracas. Un jet de lumière rayonna et une forme noire s'encadra dans le chambranle.

La fillette se crispa et cessa de respirer.

La silhouette s'approcha plus avant et jeta un rapide coup d'œil autour d'elle puis, avisant l'enfant, se pencha vers lui.

— Ne crains rien, petite. Je vais te sortir de là.

La voix chaude et profonde était rassurante. L'homme, légèrement éclairé par la lumière de la porte, avait la peau burinée par le soleil et les intempéries. Ses cheveux blonds en bataille se collaient les uns aux autres. Une fine barbe lui mangeait la moitié du visage. Ses yeux, d'un bleu très clair, rappelaient la couleur de l'océan.

Observant la passerelle sur laquelle il se trouvait, l'homme constata à regret que l'échelle la plus proche était d'ores et déjà hors d'atteinte puisque dépassée par le rideau de flammes.

Il s'allongea près de la rambarde de sécurité et tendit le bras vers la fillette. Après plusieurs essais, elle parvint à glisser sa petite main dans celle, gigantesque, de son sauveur.

Comme s'il se fut agi d'une poupée, l'homme remonta sans mal l'enfant.

— Ça va aller maintenant... Il faut nous dépêcher de rejoindre les chaloupes de secours avant que la totalité de ce bateau ne disparaisse par le fond... dit le marin en prenant la fillette dans ses bras.

Ils gagnèrent rapidement le pont supérieur. L'agitation était telle qu'il était difficile de savoir exactement où couraient tous ces gens.

De sinistres craquements et de violentes secousses déséquilibraient les passagers qui cédaient à la panique. Certains n'attendaient pas les chaloupes et sautaient dans l'océan afin de chercher au milieu des flots sauvages une quelconque trace de salut. Blottie tout contre la poitrine de son protecteur, la fillette vivait le drame au ralenti sans vraiment comprendre le sinistre tableau qui se peignait devant ses yeux.

Le marin gagna l'une des chaloupes et déposa son précieux fardeau avec précaution.

Il s'apprêtait à remonter sur le navire lorsqu'un bruit sourd retentit.

— Laissez tomber, Le Bourvellec, c'est trop tard à présent. Venez, sinon vous allez sombrer avec le bateau ! lui cria un officier.

Il le retint tandis que la frêle embarcation s'éloignait de la future épave.

— Dis Monsieur, ils sont où ma maman et mon papa ? demanda l'enfant.

Le Bourvellec chercha dans la chaloupe puis dans

celles qui les entouraient les visages du couple qu'il avait si souvent vu aux côtés de sa protégée.

— Je ne sais pas, répondit-il enfin. Je suis désolé.

Tout s'était passé trop vite…

C'était trop bête !

Impuissant, l'homme s'assit. La fillette se lova contre lui aussitôt. Il resta encore un instant à regarder les flots engloutir le paquebot.

— Mon nom est Yannick, et toi, comment t'appelles-tu ? questionna-t-il.

Mais la fillette ne répondit pas. Elle s'était déjà endormie, terrassée par la douleur, la peur et l'épuisement…

II

Le ciel azuré de Lorient se laissait transpercer par les derniers rayons de soleil de cette belle journée de septembre.

Il était rare qu'il fasse si beau à cette époque de l'année. Habituellement, la ville était déjà plongée dans la grisaille d'un précoce automne pluvieux. C'est pourquoi de nombreux habitants étaient encore de sortie et profitaient pleinement de cette fin d'après-midi dominicale.

Laissant derrière lui le Quai des Indes, Daniel Delage traversa d'un pas décidé le pont qui menait au Quai de Rohan. Dépassant l'Office de Tourisme, il se retrouva près des boutiques et des cafés dont les terrasses avaient été prises d'assaut. Sur les pontons, les équipages amarraient leurs bateaux au retour de leurs promenades en mer. L'eau quant à elle, indifférente à l'agitation, arborait une surface lisse et calme.

Daniel s'arrêta un instant devant le “Grand Bleu”, brasserie dont la terrasse surélevée en bois lui rappelait avec nostalgie les auberges qui jalonnaient les pistes enneigées des Alpes dont il était originaire. Il gravit les trois marches avec facilité et chercha du regard un endroit où il pourrait s'asseoir…

C'est à ce moment-là qu'il la vit, assise seule à sa table et semblant totalement inconsciente du brouhaha qui l'entourait.

En fait, il l'avait remarquée dès son arrivée sur la terrasse. Pourtant, elle n'était pas de ces femmes que l'on qualifie instantanément de beauté, mais elle possédait ce rien de magnétisme qui faisait se retourner sur elle tous les hommes qu'elle croisait, comme si elle eût été la réincarnation d'une déesse grecque…

Elle portait un jeans noir, une ample chemise de toile blanche et de petites tennis de même couleur. D'un geste absent, elle renvoya en arrière une mèche de ses cheveux châtains qui, éclairés un instant par un rayon de soleil espiègle, lancèrent quelques éclats de lumière. Leurs regards se croisèrent. Daniel s'enhardit et s'approcha.

— Sorry, are you french ? demanda-t-il.

Surprise, la jeune femme opina de la tête.

— Cela tombe bien, moi aussi ! annonça-t-il.

Elle ouvrit de grands yeux et un voile de méfiance passa sur son visage. Ce dernier se crispa encore davantage lorsque Daniel s'assit à la table.

— Daniel Delage, commença-t-il. Mais appelez-moi Dan, c'est plus amical.

Un large sourire découvrit ses dents blanches et la jeune femme se dit qu'il devait faire de la pub pour une quelconque marque de dentifrice…

— Je vous offre un verre ?

— Non merci, je suis servie, répliqua-t-elle d'un ton neutre, en désignant son café.

— Laissez-moi deviner… Catherine… Judith… Nathalie…

Tout en l'écoutant, la jeune femme révisa son premier jugement : il devait plutôt vanter les qualités d'une colle extra-forte !

Pendant ce temps, Daniel se trémoussait sur sa chaise en l'observant sous tous les angles possibles et imaginables, faisant la liste des prénoms féminins de l'almanach.

— Gabriela… laissa-t-elle tomber, lassée par son manège.

— Gabriela… Évidemment ! répliqua-t-il avec emphase. Et que faites-vous, Gabriela ?

— J'essaye de boire un café tranquillement.

Elle soupira, jeta un coup d'œil alentour. Elle qui aimait la solitude, on pouvait dire que c'était réussi !

Daniel poursuivait son bavardage.

— C'est pourquoi je suis devenu policier… inspecteur ! insista-t-il.

Ce mot sortit Gabriela de son hébétude. Elle le regarda avec un air si étrange que l'homme se demanda s'il n'avait pas commis un impair.

— Ne me dites pas que vous êtes de ces femmes à écorcher vif tout fonctionnaire de police ?

— Non ! au contraire… dit-elle avec lenteur.

Rasséréné, Daniel se recula légèrement. « Vas-y

mon Dan ! » se dit-il. « Le prestige de l'uniforme les fait toutes craquer… »

Remarquant son assurance grandissante, la jeune femme entra dans son jeu et poursuivit :

— Vous devez côtoyer le danger, la mort… On vous a déjà tiré dessus ? C'est très risqué ! Vous vous devez d'être prudent… ajouta-t-elle avec une émotion feinte.

Il éclata de rire.

Elle sourit aussi…

Ils discutèrent encore un peu. La jeune femme prenait grand soin de donner les réponses que son interlocuteur attendait, espérait. A chacune d'elles, sa satisfaction masculine augmentait sans qu'il s'aperçoive qu'elle le tournait en ridicule.

Un instant, la jeune femme regarda sa montre. 19 heures 20. Il ne viendrait plus.

Daniel décoda aussitôt ce geste furtif. Il connaissait bien ce genre de fille. Elles venaient seules au café ou en boîte, pour allumer les hommes. Puis, lorsque le poisson avait mordu à l'hameçon, elles se faisaient entretenir pour la soirée. Ensuite, comme récompense due à tout guerrier qui se respecte, elles écartaient les cuisses et le tour était joué !

Et, ce soir-là, Daniel Delage avait envie de s'amuser.

Cette première journée en "terre inconnue" rongeait le cœur de l'exilé ; il fallait bien qu'il prenne contact avec la faune locale…

— Vous devez certainement connaître un bon restaurant où je pourrais vous inviter à dîner, proposa-t-il, sûr de n'essuyer aucun refus.

— J'en connais plusieurs, commença-t-elle.

Daniel esquissa un sourire.

— Mais je suis prise ce soir ! continua la jeune femme.

Il resta abasourdi par la réplique. Gabriela nota avec satisfaction la grise mine de l'importun. Il ne devait pas avoir l'habitude qu'une femme se refuse à lui. Elle se leva et s'apprêtait à partir lorsqu'il retint son bras.

— Ce sera pour une prochaine fois. Je viens d'arriver en ville et je ne connais pas grand monde… dit-il.

« C'est bien ma chance ! », pensa Gabriela.

— Je suis descendu au Lafayette, poursuivit-il. Où puis-je vous joindre ?

Décidément, il n'abandonnait pas facilement. Il fallait qu'il ait un sérieux problème psychosomatique pour être en manque de tendresse à ce point !

— Votre numéro ? redemanda-t-il.

Face à cette insistance, la jeune femme se dit que c'était sans doute là le seul moyen de mettre un terme à cette discussion. Elle nota donc rapidement les dix chiffres salvateurs sur un bout de papier et quitta aussitôt le café.

Daniel la regarda s'éloigner. Lorsqu'elle fut sortie de son champ de vision, il se leva à son tour et partit.

À présent, le port était plus calme. Les derniers bateaux avaient accosté depuis longtemps et les équipages retardataires se quittaient sur les pontons de bois.

Au loin, quelques goélands lançaient des trilles interminables, se répondant les uns les autres et faisant des cercles au-dessus de l'eau à l'infini. Un fin voile de mélancolie semblait avoir tout recouvert jusqu'au prochain week-end. Quasiment immobiles, les voiliers ressemblaient à des épaves abandonnées, sans vie.

Daniel suivit le bassin à flot en remontant vers le Palais des Congrès.

Très vite, il se retrouva devant l'Hôtel de Police. Les grilles noires devançant le bâtiment laissaient deviner la discipline qui y régnait.

Les fenêtres, carrées et régulières, n'inspiraient guère la fantaisie.

— Je sens que je vais me plaire ici… murmura-t-il avec une moue dubitative.

Le bâtiment tout en granit affichait une façade sévère et était empreint d'austérité. Quelques marches menaient à l'accueil. Le tout apparaissait si chaleureux qu'une fois entré, une seule question vous minait l'esprit : y avait-il un moyen d'en ressortir ensuite ?

*

*   *

Il était un peu plus de six heures du matin. Le halo lumineux du réverbère filtrait au travers des persiennes éclairant la pièce sobrement meublée. Un lit, une chaise et une antique armoire de bois constituaient l'unique mobilier de la chambre. La nuit s'achevait, calme.

6 heures 05. La sonnerie du téléphone retentit.

D'une main encore engourdie de sommeil, Daniel décrocha et reposa aussitôt le combiné : le réveil !

D'un geste maladroit, il alluma le spot mural. La lumière jaillit tel un diable hors de sa boîte, chassant du même coup les dernières ombres de la chambre 21 de l'hôtel Lafayette. Daniel se leva par automatisme et se dirigea vers la cabine de douche. C'était le seul moyen qu'il connaissait pour se réveiller complètement. Dès les premières gouttes d'eau, il sentit le voile de Morphée le quitter peu à peu. Cinq minutes plus tard, il en sortait en pleine possession de ses moyens. Il se sécha rapidement les cheveux, leur donna ce mouvement rebelle et naturel qui leur convenait le mieux puis regagna la chambre pour finir de s'habiller. Enfin, un dernier coup d'œil à la glace de l'armoire, il était prêt. Prêt pour un grand jour : celui qui allait voir l'inspecteur Daniel Delage prendre ses nouvelles fonctions au commissariat de Lorient.

Après un solide petit-déjeuner, Daniel abandonna l'agréable salle de restaurant de l'hôtel ainsi que la non moins délicieuse serveuse… Bien que le commissariat fût tout proche et qu'une promenade à pied d'à peine cinq minutes eût suffi à le rejoindre, Daniel préféra s'y rendre en voiture car il ne fallait pas être devin pour comprendre que les maigres subventions que percevaient les services de police des petites villes ne servaient certainement pas à offrir des véhicules de fonction à leurs inspecteurs...

Daniel descendit la rue Carnot jusqu'au port de plaisance où, la veille, il avait rencontré cette fille. Comment s'appelait-elle déjà ? Qu'importe, il y penserait comme à la fille du "Grand Bleu"... la Rosanna Arquette lorientaise ! Dès qu'il aurait un soir de libre, il appellerait le fameux numéro qu'elle lui avait laissé...

Il se gara bientôt face à l'Hôtel de Police. Il poussa la grille, monta avec ressort les quelques marches et arriva à l'accueil.

Là, un homme en uniforme semblait finir sa garde de nuit.

— Bonjour... commença Daniel.

— C'est pourquoi ?

— Inspecteur Daniel Delage...

— J'connais pas ! coupa l'homme.

Un instant interdit, Daniel se dit que la nuit avait dû être longue pour David Tonnerre, puisque tel était le nom qui figurait sur la plaque métallique que l'homme portait en évidence sur sa veste bleue réglementaire.

— Je suis l'inspecteur Delage. J'aurais souhaité m'entretenir avec le commissaire.

— Ah... euh... oui, tout de suite, Inspecteur ! Veuillez patienter, j'appelle Monsieur le commissaire... bredouilla David.

Daniel sourit devant ce soudain émoi. Le commissaire ne tarda pas à apparaître et tendit au nouveau venu une main chaleureuse.

— Commissaire Joseph Robic, se présenta-t-il. Je suis ravi de vous accueillir ici, Inspecteur Delage. Accompagnez-moi dans mon bureau.

Robic tourna les talons et emprunta l'escalier par lequel il était descendu. C'était un homme de taille moyenne et d'une corpulence plutôt forte. Il portait une fine moustache grisonnante qui laissait imaginer la couleur de ses cheveux s'il en avait eu ! Vêtu d'un complet en fil-à-fil gris, démodé, il semblait parachuté d'un de ces films en noir et blanc qui avaient fait l'apogée d'Hollywood dans les années trente...

Lorsqu'il pénétra dans le bureau du commissaire, Daniel comprit aussitôt à quel genre d'homme il avait affaire. Jo Robic avait sans doute été un bon flic, très bon d'ailleurs. Puis le modernisme avait frappé et lui, en conservateur endurci qu'il était, n'avait pas évolué. Sur sa table de travail, il n'y avait pas l'ombre d'un ordinateur, pas de téléphone sans fil mais un vieux poste dépassé. Daniel nota qu'il était tout de même à touches et non à cadran comme il se l'était imaginé. Aucun télécopieur ne figurait à la liste du mobilier et la chaise sur laquelle Robic s'installa n'avait pas de roulettes.

D'un geste de la main, le commissaire désigna à Daniel un siège pour y prendre place.

— Étant donné les circonstances, soyez le bienvenu dans mon commissariat. Vous verrez, ici, tout le monde s'entend bien. Nous sommes comme les membres d'une grande et belle famille… et c'est ce qui rend la situation actuelle si pénible.

Daniel acquiesça en signe de compassion. Jo resta silencieux un moment puis reprit :

— Quand êtes-vous arrivé ?

— Hier, dans la matinée.

— Alors vous ne connaissez pas encore la ville…

— Je me suis promené sur le port de plaisance hier soir.

— Pas trop dépaysé ?

— Ça n'a rien de comparable.

Le commissaire s'enfonça davantage dans son siège, les deux mains derrière la tête, et eut un large sourire.

« Les choses sérieuses vont commencer ! », nota Daniel.

— J'ai pensé que le temps de vous repérer et afin de mieux connaître cette ville, il vous faudrait un équipier…

— J'ai l'habitude de travailler seul, coupa aussitôt Daniel.

— Ici, vous êtes en Bretagne ! Et les Bretons, croyez-moi sur parole, ne se laissent pas aller facilement aux confidences : si on n'arrive pas à obtenir les informations du premier coup, ce n'est même plus la peine d'essayer à nouveau. Il vous faut quelqu'un qui vous montre comment opérer dans ces cas-là. Vous allez devoir vous habituer à eux, et eux à vous…

— Mais…

— Inspecteur, je suis le commandant de ce navire et, même s'il prend l'eau, il n'a pas encore sombré et j'en garde le commandement. On ne discute pas mes ordres, conseilla Robic avec un ton paternaliste.

Laissant à ses mots le temps nécessaire à une envolée théâtrale, il continua :

— Vous ferez équipe avec l'inspecteur Michel.

— Il risque de me gêner dans mon travail et, si jamais il était…

— C'est l'inspecteur le plus intègre de toute la brigade ! intervint Robic. Je n'ai aucun doute quant à sa loyauté. Franchise et honnêteté sont ses qualités premières…

« Je savais bien que ce commissariat me plairait. Je vais me coltiner un grand-père qui a dû faire l'école de police en 1900… »

*

*   *

— Mais Jo… Vous ne parlez pas sérieusement, là ! Vous ne pouvez pas me faire ça… plaida l'inspecteur Michel.

— Écoutez, je suis le capitaine de ce navire et on ne…

— Et on ne discute pas vos ordres, je sais ! maugréa l'inspecteur. Mais enfin, Jo… Une équipe… c'est comme un mariage !

Robic acquiesça avec un sourire entendu et son collaborateur poursuivit :

— Ça demande de la compréhension… de la patience… Bref, des trésors de bonne volonté ! termina-t-il d'un air pitoyable.

— Tout ça, je le sais déjà. Voyez le bon côté des choses : ce sera très enrichissant, très formateur… Allons, courage matelot ! Et maintenant, allez rejoindre votre moitié !

Joseph Robic laissa là son inspecteur et remonta les quelques marches qui le séparaient de son bureau. Un instant immobile, l'inspecteur Michel se rendit lentement vers son propre bureau et découvrit avec horreur, en ouvrant la porte, que de nouveaux meubles avaient été ajoutés au mobilier habituel. Sa table ainsi que ses classeurs avaient été relégués dans un coin, installés n'importe comment…

— Ce n'est pas vrai ! C'est un cauchemar…

L'inspecteur évalua encore une fois ce qui restait de son bureau.

— Alors ? Ce collègue ? demanda une voix.

— Salut David… Je n'en sais rien, je ne l'ai pas encore vu. Je ne connais même pas son nom… Décidément, ma bonne étoile a cessé de veiller sur moi : hier déjà, un abruti effraye mon indic ; aujourd'hui, j'apprends que je vais avoir un coéquipier fraîchement débarqué d'on ne sait où… Et regarde l'état de mon bureau : je peux dire sans exagérer que ça ne peut pas être pire !

À cet instant, un homme s'encadra dans le chambranle de la porte.

— Excusez-moi, je cherche l'inspecteur Michel, on m'a dit que je le trouverai ici. Je suis son nouveau collaborateur.

L'inspecteur Michel regarda le nouveau venu, leva les yeux au ciel d'un air résigné en soupirant : « …Eh bien, j'avais tort ! »

Puis s'avançant vers le nouveau venu :

— Je suis l'inspecteur Michel…

Et, devant la surprise de son interlocuteur, ajouta :

— L'inspecteur Gabriela Michel.

III

Un lourd silence envahit le bureau. Les deux inspecteurs se faisaient face, sans mot dire, sous l'œil attentif de David. Ce dernier ressentait la désagréable impression d'assister à l'un de ces duels noirs qui peuplent les rues désertées des westerns spaghetti. Il se demandait encore lequel des deux allait tirer le premier lorsque le téléphone sonna.

Poussant en son for intérieur un cri de soulagement, David profita de l'occasion pour s'éclipser.

Lorsque la troisième sonnerie retentit, Gabriela désespérait de trouver le téléphone. Elle finit par le découvrir, perdu derrière deux cartons. Posé à même le sol, l'appareil gisait là, répétant sa plainte inlassable avec l'application d'un métronome. La jeune femme s'empara du combiné :

— Inspecteur Michel... oui... non, pas encore... je sais, oui... Dimanche, mais j'ai eu un empêchement, ajouta-t-elle en lançant un regard de défi à Daniel qui était demeuré immobile.

Celui-ci ne savait trop quelle attitude adopter.

Certes, on ne lui avait pas refilé un papy, mais cette fille...

La fille en question mettait justement fin à sa conversation téléphonique.

— Qu'attendez-vous planté là ? De vous réveiller de ce cauchemar ? On est ici pour travailler, alors remuez-vous !

Daniel resta muet devant la véhémence de Gabriela. Il fixait son regard chargé de reproche puis, sous ses yeux, il le vit se transformer et, à sa grande surprise, s'adoucir. On eût dit qu'un voile venait de se déchirer…

— Voulez-vous un café ? proposa-t-elle alors.

Encore bluffé par la métamorphose qui venait de s'opérer devant lui, Daniel acquiesça dans un sourire.

— Un peu de crème, jamais de lait, deux sucres, le tout dans une tasse chinoise… plaisanta-t-il.

— Évidemment… mais je n'ai pas de tasse chinoise et vous n'êtes pas Humphrey Bogart… Alors il faudra vous contenter d'une imitation de petit crème pris au distributeur ! renchérit-elle en lui rendant son sourire.

Elle tourna les talons et il la regarda s'éloigner à travers le couloir.

Cette femme était vraiment étrange… Prête à vous fustiger sur place sans le moindre remords, elle pouvait, l'instant suivant, se dévoiler douce et amicale ! Ce partenariat s'annonçait plein de surprises !

Il la rejoignit. Elle semblait préoccupée et une petite ride se dessinait légèrement sur son front.

— Un problème ? s'enquit-il.

La jeune femme le regarda d'un air hagard. Visiblement, elle était trop perdue dans ses réflexions pour entendre ce qu'il lui disait.

— Qui était-ce, au téléphone ? demanda Daniel.

— L'amie de Kheli... répondit-elle d'une voix atone.

— Kelly ? répéta-t-il.

Pour la première fois depuis le début de la discussion, Gabriela cessa de fixer avec obstination la mosaïque du sol et reporta son attention sur l'homme qui lui faisait face.

— C'est vrai, vous ne savez pas qui c'est ! Kheli est mon indic... expliqua-t-elle. Nous devions nous rencontrer dimanche après-midi, mais j'ai été... comment dire ? dérangée ! termina-t-elle avec une moue ironique.

— Ça va, je suis désolé. Je ne pouvais pas savoir que vous aviez rendez-vous, sinon j'aurais attendu Kelly avec vous... répliqua-t-il.

Gabriela vit naître, sans la comprendre, une étrange lueur au fond des yeux de son interlocuteur.

Tout à coup, le distributeur s'ébranla légèrement et le breuvage commença à s'écouler.

— Zut ! ragea Gabriela.

La jeune femme se brûla dans sa précipitation à vouloir glisser le gobelet de plastique qu'elle avait oublié d'installer. Elle retira vivement sa main inondée de café chaud.

— Vous avez mal ? demanda Daniel.

— Ça va ! tonna-t-elle, furieuse de sa maladresse. Et puis tout ça, c'est de votre faute ! ajouta-t-elle avant de reconnaître silencieusement qu'elle était injuste envers lui.

Alors que Daniel tenait sa main endolorie entre les siennes, la jeune femme s'arracha d'un mouvement brusque de cet étau chaleureux.

— Je n'ai pas besoin de vous ! dit-elle.

Son regard se rétrécit et devint si froid qu'il semblait lancer des éclairs.

— Je sais me débrouiller seule, ajouta-t-elle en le quittant.

Ébahi, Daniel la vit partir sans qu'il pût faire le moindre geste pour tenter de la retenir.

— Cette fille n'est pas un flic… c'est un démon ! murmura-t-il.

— Ce n'est pas un démon mais un mystère… répliqua une voix derrière lui.

Le nouvel inspecteur se retourna aussitôt. Jo Robic se tenait là, l'air absent, fixant la porte par laquelle Gabriela s'était envolée.

— "Votre meilleur élément" disiez-vous… J'espère que cela ne voulait pas dire : le plus facile à vivre, sinon je démissionne tout de suite ! maugréa Daniel.

— Allons, allons… Les chaloupes ne sont pas encore jetées à la mer, alors restez avec nous sur le navire !

— C'est marin que vous auriez dû faire, Commissaire… pas flic ! observa l'inspecteur.

— J'ai le mal de mer… Mais si vous le dites à quelqu'un : je nierai tout en bloc ! commenta Robic avant de s'en retourner à son bureau.

*

* *

Louise Overstone secoua la tête en signe d'impuissance. Son carré brun dansa avec souplesse avant de retrouver sa place, de manière impeccable, autour du visage émacié de la jeune anglaise.

— Laisse-lui *un* chance, Gaby. C'est peut-être *une* très bon flic, ce type… dit-elle avec son charmant accent britannique.

— Mais j'ai l'habitude de travailler seule, répondit Gabriela en se tournant face à son amie.

Celle-ci, assise sur son bureau, ses longues jambes fuselées croisées l'une sur l'autre, leva les yeux au ciel.

— Tu ne changeras jamais, rétorqua Louise. Pourtant un équipier, cela te ferait du bien…

A ces mots, Gabriela la regarda avec intensité comme pour l'empêcher de poursuivre, mais la jeune femme passa outre.

— Il pourrait t'aider à combattre tes fantômes… reprit-elle.

Gabriela acquiesça de la tête à plusieurs reprises alors qu'un sourire cynique étirait ses lèvres.

— Et bien non justement, parce que c'est tout ce que je déteste dans le partenariat ! aboya-t-elle.

— Why ?

— Parce que ton équipier est toujours présent, que ça te plaise ou non ! Parce qu'il est là pour partager tes petits soucis et que je n'aime pas partager ! Et parce qu'enfin lui et toi, vous ne faites plus qu'un et que je ne veux plus jamais dépendre de quelqu'un ou m'attacher autant à une personne ! explosa la jeune femme tout en tournant et virant au milieu de la pièce.

— Parle moins vite et cesse de bouger autant : je n'arrive pas à te suivre… déplora la jeune anglaise.

Gabriela esquissa un faible sourire à l'encontre de son amie. Puis, accompagnant ses mots d'un signe de tête en direction de l'écran vidéo auquel Louise tournait le dos, elle ajouta :

— Tu as un appel sur ton visioconférence, je te laisse travailler.

— Gaby…

— Chut… coupa la jeune femme en mettant un doigt sur sa bouche. Le débat est clos. OK ?

Louise opina faiblement de la tête. Elles savaient toutes les deux qu'un jour ou l'autre ce sujet reviendrait dans la conversation. Gabriela s'arrêta un instant devant le second bureau de la pièce. Elle regarda le large cadre vert qui trônait devant le sous-main, contempla la photographie et se tourna à nouveau vers son amie qui ne l'avait pas quittée des yeux.

— Pierre est encore absent ? demanda l'inspecteur d'une voix neutre.

— Il est en rendez-vous sur Angoulême, il ne rentre que demain soir.

Il y eut une seconde de silence.

— Ça va aller ? s'enquit Louise.

— Ne t'inquiète pas… Réponds plutôt au téléphone ! termina-t-elle dans un sourire. Puis elle lui fit un petit signe et sortit du bureau. Alors qu'elle traversait les couloirs aux murs couleur pêche de la pépinière d'entreprises, de nombreux souvenirs lui revenaient en mémoire. C'est à peine si elle entendit Serge, le secrétaire de l'accueil, lui dire bonjour. La jeune femme entra dans le bureau vitré de l'accueil. Ils échangèrent une bise et ces phrases anodines qui jalonnent nombreux débuts de conversations, mais qu'on n'entend plus tant elles sont automatiques :

— Ça va ?

— Ça va ; et le travail ? demanda Gabriela.

— Oh, comme d'habitude… répondit Serge en passant la main dans ses cheveux bruns.

Assis derrière l'écran de son ordinateur, il ne paraissait pas son mètre quatre-vingt-douze. La chemise de soie verte qu'il portait, couvrait ses larges épaules et rehaussait la couleur de son regard.

— C'est toujours la canicule dans ces couloirs ! observa Gabriela. Vous n'avez pas peur de perdre des locataires ?

— Non, nous en avons même récupéré deux nouveaux ! déclara-t-il avec une fierté feinte.

— Quel genre de société ?

— Mystère... C'est le problème, ils refusent de révéler le style d'affaires qu'ils traitent. Alors, pour les rares coups de fil qu'ils reçoivent au standard, c'est un peu la panique !

— Ce sont peut-être des extraterrestres envoyés en mission ultra-confidentielle par leur peuple afin d'étudier le nôtre... avança la jeune femme.

— En tout cas, c'est top secret, remarqua Serge. Ils ont installé de grandes tentures noires sur les vitres de l'atelier ! De véritables paranoïaques !

Ils rirent ensemble puis Gabriela prit congé et s'en retourna à sa voiture.

Quelques minutes plus tard, elle entrait sans mot dire dans son bureau tant elle était stupéfaite.

— Que s'est-il passé ici ? questionna-t-elle.

Daniel, assis à son bureau, cessa de remplir les quelques documents posés devant lui.

— J'ai remis en place les meubles. J'espère que l'installation vous plaît ?

— Oui... merci...

Elle était visiblement embarrassée par la situation et ne savait trop quoi dire.

— Et votre main ? s'enquit-il, ça va mieux ?

Elle jeta un coup d'œil à sa main droite avant de répondre d'un ton ironique :

— Je pense que je n'aurai pas de séquelles.

Un léger silence s'instaura entre eux. Ils commençaient à en avoir l'habitude, mais Daniel le rompit :

— Vous êtes toujours ainsi ?

— Toujours comment ? demanda Gabriela avec surprise.

— Sur la défensive, comme ça ! expliqua-t-il avec un mouvement de la tête.

— C'est une vieille habitude, confia-t-elle dans un sourire, alors qu'elle contournait son bureau.

— Vous voulez un conseil : laissez-la tomber…

Sur ces mots, il empoigna les feuillets qu'il remplissait plus tôt et sortit du bureau, la laissant seule à ses réflexions.

La jeune femme contempla le joli cadre vert qui se trouvait sur sa table. Identique à celui vu un moment plus tôt à l'agence de Louise et Pierre, il protégeait le plus beau des trésors. Un trésor chéri entre tous…

La sonnerie du téléphone retentit. Cette fois-ci, Gabriela répondit aussitôt.

Daniel réapparut au moment où elle raccrochait.

— Qui était-ce ? demanda-t-il.

— Puisque nous faisons équipe, la moindre des choses est que je vous informe de l'enquête en cours, déclara la jeune femme.

Elle laissa Dan s'asseoir sur le fauteuil qui lui faisait face avant de commencer :

— Christina Delambre a seize ans et on est sans nouvelles d'elle depuis vendredi soir…

Gabriela se retourna vers les classeurs métalliques et en sortit un dossier. Fouillant parmi les différentes feuilles qui s'y trouvaient, la jeune femme dénicha une photographie qu'elle tendit à Daniel.

Un instant, il observa la jeune fille couchée sur papier glacé. Blonde, les cheveux légèrement ondulés, elle paraissait plus âgée. La photo était de mauvaise qualité, mais on pouvait cependant deviner la dureté du regard noisette.

— Jolie fille ; elle a peut-être voulu faire une balade avec son petit copain pour le week-end, juste histoire d'embêter ses parents ! dit-il.

— Non, ses parents sont décédés lors d'un accident quand elle avait cinq ans…

Elle fit une pause.

— Depuis elle vit en foyer, reprit-elle. Les avis la concernant sont partagés : certains des responsables la qualifient de "dure", d'autres la trouvent enjouée et pleine de vitalité… Bref, une jeune fille de seize ans en plein essor !

— C'est une fugue, alors…

— Nous le croyons, en effet. Il y aurait eu un incident entre Christina et la responsable de son bloc.

— Quel incident ? demanda Daniel.

Gabriela se replongea un instant dans le dossier resté ouvert devant elle. Elle parcourut avec rapidité les dépositions recueillies la veille.

— D'après madame Lagrange, la responsable du bloc, Christina est rentrée vendredi soir en arborant un comportement très agressif.

— D'où revenait-elle ?

— Du cinéma : c'est une passionnée du septième art…

— Encore une ! commenta Daniel.

Gabriela sourit, avant de reprendre :

— Madame Lagrange aurait eu une altercation avec Christina et cette dernière serait partie à l'issue de cette conversation.

— Et votre madame Lagrange n'a rien fait pour la retenir ? demanda Daniel.

La jeune femme leva les yeux aux ciel, en soupirant.

— Je n'en sais rien, finit-elle par dire. Tout semble très confus !

— Et les autres filles du bloc ? Elles n'ont rien vu ? rien entendu ?

— Madame Lagrange et Christina étaient seules.

— Et la directrice du centre ? s'enquit l'inspecteur, de plus en plus ébahi par la situation.

— Absente… Madame Bellamy n'a été avertie qu'à son retour vers… vers 23 heures 15, confirma Gabriela, papier en main.

— Décidément, il n'y a que des incompétentes dans cette taule ! explosa Daniel.

— Pardon ?

Il esquissa un sourire en découvrant le visage marqué de surprise de sa coéquipière.

— Tout le monde sait que ce genre d'institution n'est pas vraiment apprécié par les jeunes. Comment l'appellent-ils ici : le pénitencier, le bagne, l'asile ?

La jeune femme sourit à nouveau et, contre toute attente, répondit :

— La caserne !

— Vous voyez… répliqua Daniel avec un air de satisfaction qu'il ne cherchait même pas à dissimuler. J'aimerais bien rencontrer ces mesdames Bellamy et Lagrange, termina-t-il.

— Très bien. Nous y allons immédiatement, si vous le souhaitez.

— Parfait, allons-y ! dit-il en se levant.

Suivant son exemple, Gabriela prit le temps de ranger le dossier, puis se leva à son tour.

Dans l'espace confiné que leur conférait l'habitacle de la 205 grise de l'inspecteur Michel, Gabriela expliquait à Daniel les petits pièges des rues lorientaises… Les priorités à droite que l'on n'attendait pas ; les feux tricolores beaucoup trop longs que l'on pouvait éviter à condition de bien connaître la ville ; les axes principaux qu'il fallait neutraliser en cas de fuite…

— C'est une ville assez commode en fait, conclut la jeune femme.

— Oui, je vois ça ! acquiesça Daniel avec ironie.

— Vous vous y ferez.

— En tout cas, je bénéficie d'un merveilleux guide…

Gabriela ne répondit rien. Elle commença à rétrograder puis, indiquant un bâtiment blanchâtre et austère :

— Voici La Caserne !

Elle stoppa la voiture et ils descendirent.

Ce fut madame Bellamy qui les accueillit à leur entrée dans l'établissement. Après les présentations de rigueur, du fait de la présence du nouvel inspecteur, ce dernier demanda à être conduit au bloc de Christina.

Là, ils retrouvèrent madame Lagrange et se dirigèrent vers la chambre que Christina partageait avec deux autres adolescentes : Hélène et Catherine.

La chambre était impeccable, les lits soigneusement faits et les bureaux rangés. Pas un seul objet ne dénotait et tout semblait respecter un règlement scrupuleux. Les murs nus étaient recouverts d'une laque blanche, facile d'entretien mais trop impersonnelle.

Hélène et Catherine semblaient sages, trop peut-être, et ne disaient mot.

— Christina vous a-t-elle semblé préoccupée, différente, ces derniers jours ? leur demanda Gabriela.

— Non Inspecteur, répondirent-elles de concert.

Daniel, surprenant un regard fugitif à l'encontre de madame Lagrange, se retourna vers la directrice.

— L'inspecteur Michel et moi-même aimerions nous entretenir avec ces deux jeunes filles, seuls... ajouta-t-il.

Mesdames Bellamy et Lagrange ouvrirent de grands yeux et manquèrent de s'étouffer.

— Mais... c'est impossible ! répondit madame Lagrange. Ce serait violer le règlement !

Daniel se retint de sourire lorsqu'il entendit Catherine murmuré entre haut et bas :

— Il en a de la chance, le règlement, d'être violé…

— Écoutez Mesdames, s'emporta Gabriela, nous ne sommes plus en 1900 ! Laissez-nous !

Voyant que les deux femmes ne bougeaient pas, elle ajouta :

— Sinon, je les convoque au commissariat… Que choisissez-vous ?

Bon gré, mal gré, les responsables sortirent.

Hélène s'approcha de la porte à son tour. Avant que les deux inspecteurs ne comprennent son geste, elle l'ouvrit brutalement. Madame Lagrange se sentit prise en faute lorsqu'elle releva la tête.

— Vous avez encore perdu l'un de vos verres de contact ? A ce rythme, on comprend aisément le déficit de la Sécurité Sociale ! commenta Catherine.

Madame Lagrange la couva d'un regard qui n'avait rien d'amical, puis disparut dans le couloir.

Les deux jeunes filles pouffèrent en se jetant un regard complice.

— À présent que nous sommes définitivement seuls, peut-être pourrions-nous discuter ? proposa Daniel.

— Oh, vous savez, Chris a eu raison de partir : ça devenait invivable pour elle, ici ! confia Hélène.

— Pourquoi dites-vous cela ? demanda Gabriela.

— Chris est trop vive : c'est de l'énergie non trafiquée ! Depuis que Lagrange a débarqué, elle n'avait plus pied à vivre… expliqua Catherine.

Tout en écoutant, Daniel faisait le tour de la pièce.

— Où dort Christina ? s'informa-t-il.

— Là, répondit Hélène en désignant le lit le plus proche de la fenêtre.

L'inspecteur s'approcha et remarqua quatre petits trous dans le mur, au-dessus du lit.

— Il y a eu quelque chose d'accroché ici ? demanda-t-il, surpris.

— Bien vu, Sherlock ! siffla Catherine.

— Chris… commença Hélène. Chris a ramené l'affiche d'Élisa, vendredi soir. Elle l'a fixée au mur, mais quand Lagrange a fait sa ronde… Ça a été la cata !

— Le Colonel, enfin je veux dire madame Lagrange, a voulu que Chris enlève l'affiche. Nous n'avons pas le droit d'accrocher quoi que ce soit ! précisa Catherine. Cela nuirait à la décoration intérieure du site…

— Et comment cela s'est-il fini ? s'enquit Gabriela.

— Chris a refusé et Le Colonel a déchiré l'affiche.

Il sembla aux inspecteurs qu'après avoir dit ces mots, Catherine se montrait plus humaine et laissait enfin de côté ce masque d'indifférence qu'elle avait exhibé jusqu'alors.

— Vous voyez, Inspecteurs, poursuivit-elle d'une voix rauque, je n'ai jamais vu Christina flasher autant sur un film ; mais Élisa… c'était différent. Elle pouvait en parler des heures durant, à vous saouler à force !

Elle fit une pause et ferma les yeux un instant. Lorsqu'elle les ouvrit à nouveau, ils brillaient étrangement. Elle reprit :

— Chris a pour principe de ne jamais retourner voir un film qu'elle a déjà vu. Pourtant, celui-là, elle n'a pas hésité à y aller trois fois. Vendredi, c'était son dernier soir à l'affiche et le seul regret de Chris, quand elle est rentrée, c'était qu'elle ne le verrait plus jamais sur grand écran ! Elle semblait si proche de Marie, l'héroïne, que ça en devenait effrayant…

Un silence respectueux s'imposa.

— Et comment Chris a réagi à la destruction de l'affiche ? demanda Daniel.

Hélène et Catherine se regardèrent puis, en baissant la tête, Catherine répondit d'une voix atone :

— Le Colonel nous a ordonné de sortir. Elles sont restées toutes les deux…

IV

Christina se réveilla d'un coup. Elle scruta les alentours d'un œil hagard, visiblement surprise d'être là. Peu à peu, le brouillard qui embrumait son cerveau se dissipa et tout lui revint en mémoire. Elle observa alors la rue avec plus d'attention.

La jeune fille distingua çà et là plusieurs poubelles. Sur le sol, une vieille bouteille de soda avait trouvé asile près d'une paire de tennis éculée. À droite, une bouche d'égout lançait de temps à autre un éclat de lumière suivant le bon vouloir d'un rayon lunaire. Pas une âme n'errait dans la ruelle sombre et Christina pensa que, seul, un vieux chat de gouttière borgne manquait au décor stéréotypé de ce coin perdu.

Comme répondant à son attente, un bruit de verre brisé retentit à l'entrée de l'impasse : sans doute ledit chat qui rôdait… Mais, au lieu du matou, ce fut deux ombres oblongues qui se découpèrent dans la nuit.

Par automatisme, la jeune fille resserra davantage son blouson autour de ses épaules. Les frissons qui la parcouraient n'étaient pas liés à la fraîcheur nocturne mais au sentiment d'angoisse qui grandissait en elle.

— Qu'est-ce que tu fous là ? demanda la plus grande des deux silhouettes.

Christina ne répondit rien et laissa s'approcher le deuxième garçon. Il s'agenouilla près d'elle et, soulevant d'une main le menton de la jeune fille, plongea son regard dans le sien.

— Alors, ma sœur… on s'est fait un p'tit shoot pénard et maintenant on retrouve plus les clefs d'sa bagnole pour rentrer chez papa-maman…

Il parlait avec un fort accent de rappeur banlieusard et étayait ses phrases de multiples gestes des mains.

Il réajusta sa casquette des Lakers de Los Angeles avant de se tourner vers son acolyte.

— Elle n'est pas d'ici, Émilio, confirma-t-il, mais ses pupilles sont clean…

— Qu'est-ce que vous me voulez ?

Les deux jeunes hommes fixèrent aussitôt Christina comme s'ils doutaient qu'elle ait la capacité de parler.

— Qu'est-ce que tu fous là ? redemanda Émilio.

— T'as de la conversation… remarqua-t-elle. Tu n'as jamais pensé à faire une carrière politique à répéter quinze fois les mêmes conneries ! J'suis là, c'est tout !

Un instant, Émilio cessa de jouer avec le cure-dent qu'il mâchonnait. Ses lèvres s'étirèrent en une moue qui ressemblait davantage à une grimace qu'au sourire désiré et demanda :

— C'est quoi ton nom ?

Prise au dépourvu, Christina se leva brusquement.

— T'es d'la police ?

— J'me renseigne... répondit-il. J'irai pas voir tes vieux pour leur dire où tu crèches : j'suis pas une balance ! Alors ? Comment tu t'appelles ?

La jeune fille hésita un moment. Elle baissa la tête, cherchant dans les quelques graviers répandus sur le sol un moyen de couper court à cet interrogatoire.

— Marie, lâcha-t-elle.

Les deux hommes la dévisagèrent bizarrement, comme s'ils devinaient son mensonge.

— Et que fait Marie dans un endroit comme celui-là ? demanda le supporter des Lakers.

— Disons que je me suis perdue ! OK ?

— Ça marche, petite fille, assura Émilio avec un ton paternaliste qui la fit sourire.

Sans qu'elle sût pourquoi, sa voix l'avait fait frissonner.

Elle le regarda passer sa main dans sa chevelure brune et souple. Son visage aux traits durs trahissait pourtant une certaine sollicitude envers les autres. Sa façon de se mouvoir, de bouger la totalité de son corps au moindre bruit suspect soulignait cette habitude qu'il avait d'être toujours sur la défensive. C'était un jeune homme étrange, difficile à cerner.

Un dernier bruit déchira le silence qui les entourait et Émilio claqua des doigts.

— Allez, on bouge !

Aussitôt son compagnon le suivit.

Ils firent quelques pas vers la sortie de la ruelle, puis se retournèrent vers Christina.

— Tu ne viens pas, Marie ?

Bien vite, les deux ombres que la clarté d'un réverbère esquissait sur l'asphalte furent rejointes par une autre et toutes trois s'éloignèrent de l'impasse sombre.

*

* *

Il écrasa sa cigarette dans le cendrier et resta pensif. Au bout d'un moment, il se passa la main dans les cheveux et les tira légèrement, espérant ainsi mettre un peu d'ordre dans ses idées confuses.

Cette mission ne serait pas facile à remplir, pensait Daniel… surtout avec cette histoire de fugue qu'on lui collait sur les bras ! Évidemment, il devait s'en occuper – c'était nécessaire à sa couverture – et, de plus, il se faisait du souci pour la petite Christina mais cela lui prendrait du temps au détriment de sa mission. Et justement, du temps, il en avait peu…

D'un geste réflexe, il consulta sa montre : 3 heures 20. À cette heure-là, la majeure partie de la ville devait dormir à poings fermés. Le commissariat était silencieux. De temps à autre, on entendait la sonnerie d'un téléphone que David décrochait aussitôt, puisqu'il était encore de garde.

La porte du bureau s'ouvrit et quelle ne fut pas la

surprise de Daniel de voir apparaître dans l'embrasure non pas David, comme il s'y attendait, mais sa collègue...

— Gabriela ?

Le visage de la jeune femme trahit sa surprise avec évidence, puis pâlit presqu'aussitôt lorsqu'elle déclara d'une voix blanche qu'il ne lui connaissait pas :

— Ça sent la fumée ici...

— Sans doute, oui, répliqua Daniel en désignant le cendrier plein de mégots.

— Delage, je souhaiterais, autant que possible, que vous ne fumiez pas dans ce bureau ! dit-elle d'un ton glacial.

Encore une de ces intolérantes qui ont décidé d'empoisonner la vie des autres de peur qu'on empoisonne les leurs... pensa-t-il, et, comme de bien entendu, il fallait que la seule flic anti-tabagisme du Morbihan soit l'équipière qu'on lui avait imposée !

— Disons que je ne fumerai pas dans votre moitié de bureau, répliqua-t-il d'un ton égal au sien.

Elle ne releva pas et se dirigea vers la fenêtre qu'elle ouvrit en grand.

S'il y avait bien une chose qu'elle avait toujours détesté chez les hommes, c'était bien ce côté "Seigneur et Maître" qui les poussait inévitablement à vouloir soumettre les femmes ! Et, évidemment, il avait fallu que le seul flic du sud de la France, obtus, borné et sexiste de surcroît, ait été muté dans son commissariat...

— Préparez-vous à avoir froid cet hiver, lâcha-t-elle.

Leurs regards se croisèrent, s'étudièrent, se défièrent…

— Que faites-vous encore là ? finit-elle par demander.

— Je peux vous retourner la question.

Puis, cherchant un moyen de détourner la conversation, il ajouta, en désignant d'un mouvement de la tête le cadre vert posé sur le bureau voisin :

— Ne devriez-vous pas être avec lui ?

Gabriela fut visiblement ébranlée par la question, et Daniel chercha sans comprendre le motif de sa réaction.

— Ça va ?

— Oui… Je… Elle soupira puis reprit : je pensais à Kheli. J'ai passé la plus grande partie de la nuit à chercher sa trace… J'ai visité toutes les boîtes et presque tous les bars de la ville, mais ça n'a rien donné.

La jeune femme semblait en effet très préoccupée.

— Vous êtes toujours sans nouvelle d'elle ? demanda Daniel.

— Pardon ? s'excusa-t-elle en reportant son attention sur lui.

— Vous êtes toujours sans nouvelle de Kelly ? répéta-t-il.

Elle opina :

— Oui et je suis vraiment inquiète à son sujet. Ce n'est pas son habitude de rester introuvable si longtemps ! J'ai toujours eu un moyen de contact mais, aujourd'hui, j'ai essayé toutes les boîtes aux lettres possibles et imaginables… En vain…

— Et son ami n'a pu vous être d'aucun secours ?

— Je suis passée chez eux : son moral est au plus bas… Je ne l'avais jamais vue ainsi, avoua-t-elle. Nous envisageons le pire… ajouta-t-elle en baissant la tête.

Elle était découragée. Ses épaules s'affaissèrent. D'une main, elle se massa la tempe droite. Les traits de son visage laissaient deviner son angoisse et sa fatigue.

— Il ne faut pas vous en faire, rassura Daniel. On ne s'improvise pas indic de la police. Kelly sait sûrement comment agir en de telles circonstances.

— Vous devez avoir raison… acquiesça-t-elle sans pourtant croire un mot de ce qu'elle venait de dire.

*

* *

L'atmosphère enfumée et le brouhaha continuel qui se mêlaient à l'acid music ne semblaient nullement gêner la clientèle du Biz'Ness Café. Bien que les néons fussent nombreux, la lumière qu'ils diffusaient ne suffisaient pas à éclairer convenablement l'établissement qui jouait du clair-obscur. Des ombres insidieuses envahissaient les recoins délaissés par la clarté. Les tables étaient réparties avec régularité et, sur les côtés, les chaises avaient été remplacées par des sofas et des poufs, de sorte à créer de petites alcôves privées.

Le comptoir du bar était d'un bois laqué brun. On y remarquait les auréoles humides des verres déjà vidés et d'ores et déjà prêts à l'emploi pour de nouveaux consommateurs. Au centre, quatre cylindres de porcelaine blanche, émaillée de bleu dur en de complexes arabesques, déversaient à satiété les bières pression dans les pintes.

Contre le mur, au dos des trois barmen qui s'activaient énergiquement, étaient rangées dans un ordre savant les bouteilles d'alcool et les sirops. Sur l'étagère du dessous, toute une batterie de verres attendait patiemment qu'on les remplisse d'un quelconque liquide coloré.

Ensuite, la salle principale se divisait en deux parties distinctes : l'une était réservée aux clients et la seconde reconvertie en salle de jeux. Là, flippers, billards de toutes nationalités, jeux d'arcades ainsi que de simulation cohabitaient amicalement au milieu des éclats de voix des usagers.

A l'une des tables, Christina était en grande discussion avec Shorty, le supporter des Lakers.

— Et que comptes-tu faire maintenant que tu t'es tirée de chez ta tante ? lui demanda-t-il.

— Je ne sais pas trop…

Shorty la dévisagea avec insistance. Celle-ci, mal à l'aise et intriguée, ne comprenait pas son manège.

— Marie, tu n'as jamais pensé à faire du ciné ? demanda finalement le garçon.

La jeune fille ouvrit de grands yeux. De quoi parlait-il ? Où voulait-il en venir ?

— Tu as le physique pour ! Puis, prenant soin de ménager son effet, il ajouta d'une voix traînante : une vraie star de ciné…

Une star de ciné… Elle en restait muette. Non, elle n'y avait jamais vraiment songé, mais à présent qu'il lui en avait parlé… l'idée commençait à germer dans son esprit. Les garçons lui avaient fait suffisamment d'avances pour la convaincre que son physique n'avait rien d'ingrat.

— Du cinéma ? répéta-t-elle hébétée. Non, je ne l'ai jamais envisagé.

Shorty lui sourit dans une grimace qui semblait dire : « Cette fille n'est pas consciente des talents qu'elle cache ! »

— Et cela te plairait de faire un bout d'essai ? s'enquit-il.

— Tu es sérieux ?

— J'ai des copains dans le métier et, en ce moment, ils entreprennent un nouveau casting. La fille qu'ils avaient choisie a été retrouvée défoncée à bloc la semaine dernière par les keufs ! Mais toi, t'es une fille saine et on peut te faire confiance, ça se voit tout de suite. Tu pourrais la remplacer… C'est le rôle féminin principal !

— Ça semble trop beau pour être vrai… laissa échapper Christina.

A ce moment-là, Émilio s'approcha de la table. Il venait de terminer une partie de billard et exhibait triomphalement deux billets de cent euros.

— La soirée commence bien ! affirma-t-il.

— Émilio, Shorty vient de me proposer de faire du ci…

— Du side-car ! Elle n'en a jamais fait, termina Shorty. J'en ai repéré un à trois rues d'ici, on pourrait l'emprunter…

Christina lui lança un regard plein d'interrogation. Émilio, lui, ne remarqua pas le trouble de la jeune fille.

— Je te l'ai déjà dit, Shorty, ce soir j'ai des rendez-vous d'affaires : je ne peux pas bouger d'ici ! rappela Émilio. Allez-y, on se retrouve plus tard, ajouta-t-il en fixant Christina.

— C'est cool… Marie, tu viens ?

Christina opina et imita Shorty qui s'était levé. Elle s'apprêtait à le suivre lorsque, d'un bras, Émilio l'enlaça par la taille.

— Alors Marie, on partait sans dire au revoir ? souffla-t-il alors qu'il l'embrassait.

Jamais Christina n'avait ressenti une telle explosion d'émotions. Elle sentit tout son corps se consumer quand, paradoxalement, une sueur froide la gagna.

— Je suis désolé pour ce soir, mais on retournera faire du side-car ensemble... si tu veux... murmura-t-il.

— Je suis d'accord, répondit-elle dans un sourire.

Elle déposa un léger baiser sur les lèvres du jeune homme avant de le quitter à regret et de rejoindre Shorty dans la rue.

Le vent s'était levé. La jeune fille chercha Shorty des yeux, mais en vain.

Où pouvait-il bien être ?

Elle entra de nouveau dans le bar et le découvrit au téléphone.

Shorty réajusta sa casquette et répéta une fois encore ce qu'il venait de dire :

— Mais puisque je vous l'dis ! Cette fille, c'est exactement ce que vous cherchez ! conclut-il véhémentement.

A l'autre bout du fil, son correspondant lui indiqua la marche à suivre. Le garçon opina du chef en grimaçant et reprit :

— Cette nuit ? Ça ne risque pas d'éveiller ses soupçons ?... OK ! c'est cool.

Il raccrocha.

Un sourire de satisfaction éclaira son visage. Il quitta l'espace téléphone du Biz'Ness Café et se dirigea vers la sortie.

— Je les ai appelés : ils veulent te voir tout de suite, dit-il en rejoignant Christina.

— Ce soir ?

— Tu sais, chaque heure qui passe leur fait perdre un fric fou à louer du matériel et des gars qui ne servent à rien... Ils perdent un temps précieux sur le planning, expliqua Shorty.

— Tu as raison, c'est vrai.

Ils marchaient côte à côte sur les trottoirs. Au détour d'un pâté de maisons, un magnifique side-car noir les attendait. Pendant que Shorty trafiquait le démarreur, Christina demanda :

— Pourquoi ne pas dire la vérité à Émilio au sujet du bout d'essai ?

— Parce qu'il aurait été furieux. La fille qui s'est camée : c'était l'une de ses clientes. Maintenant qu'elle crèche à l'hosto, non seulement il perd un deal mais, en plus, elle lui devait pas mal de fric ! Et il n'en verra jamais la couleur ! expliqua-t-il.

A cet instant, les deux fils firent contact, le bruit joyeux du moteur résonna enfin et Shorty emmena Christina vers la sortie de la ville.

*

Chacun des deux inspecteurs était plongé dans son travail. Daniel s'escrimait à établir toutes sortes d'hypothèses et de mobiles à cette fugue, si c'en était une. Gabriela, quant à elle, compilait les données de son ordinateur et soupirait souvent face à l'impasse où menait cette enquête. Où pouvait bien être Christina ?

Le bruit du télécopieur les fit sursauter de concert.

Daniel se leva et se dirigea vers l'engin. Alors que la feuille tombait, il demanda :

— Encore un informateur ? C'est pour vous, de la part d'un certain “Lou”...

La jeune femme sourit à cette remarque.

— Lou est le diminutif de Louise ! C'est une amie.

— Vous avez des amies insomniaques ! observa-t-il.

— Non, elle a une boîte de pub. Nombre de ses clients sont américains et aux États-Unis c'est encore hier... ajouta Gabriela.

Cette conversation, tenue sur le ton du badinage, la détendait. D'ailleurs, depuis qu'il la connaissait, Daniel ne l'avait jamais vue aussi enjouée. Avait-elle rangé son armure dans le placard ?

Il s'approcha d'elle et lui tendit le fax. À sa lecture, le sourire qu'elle affichait peu avant s'effaça doucement.

« *Gab,*

J'ai eu Alexis au téléphone. Elle est sur Nantes avec Lucas. Nous avons convenu d'un dîner, demain soir, avec Pierre et toi...

Lou. »

Lucas... quel âge pouvait-il avoir à présent ? Gabriela ne le savait que trop : elle avait appris la grossesse d'Alexis le jour où Julien...

La jeune femme essuya prestement les larmes qui lui brûlaient les yeux.

Ce geste, pourtant, n'échappa nullement à l'inspecteur Delage qui la regarda quitter la pièce d'un air perplexe.

Dès que la porte se fut refermée, il s'empara du fax qu'elle avait laissé sur son bureau. Après tout, ce n'était pas en se mêlant uniquement de ses affaires qu'il avait été promu au grade d'inspecteur. Sans ressentir la moindre culpabilité, il lut le message et ne put s'empêcher de secouer la tête d'un air défait... Ah ces femmes ! pensa-t-il, elles avaient juré sa perte ! Si maintenant elles changeaient les règles du jeu à son insu, comment pourrait-il s'en sortir ? L'inspecteur Michel se prénommait Gabriela, Lou signifiait Louise et Alexis était une femme... En vain, il chercha le nom de code caché derrière “Pierre”... Pierrette ? Marie-Pierre ? Allez savoir...

À son tour, il sortit dans le couloir. Gabriela était là, le dos appuyé contre le mur. Sans mot dire, Daniel se dirigea vers la machine à café et, après que celle-ci lui ait délivré le précieux breuvage, il s'approcha de la jeune femme et lui tendit le gobelet de plastique.

— Merci... murmura-t-elle d'une voix basse.

— Vous voulez en parler ?

— Non.

— Encore votre mauvaise habitude ! plaisanta-t-il. Vous êtes à nouveau sur la défensive. Mais nous faisons équipe et je suis aussi là pour partager les soucis personnels, si besoin est...

— Fichez-moi la paix ! Repartez donc à Grenoble et laissez-moi tranquille ! explosa-t-elle en lui rendant son café.

Il la vit rentrer dans le bureau. L'instant suivant, elle en ressortait avec son blouson de cuir dans les bras. Elle quitta le commissariat sans plus rien ajouter excepté un petit signe d'au revoir à l'attention de David.

Faisant contre mauvaise fortune bon cœur, Daniel termina le café.

*

* *

Le bâtiment était immense. Vue de l'extérieur, la partie droite de la construction faisait vaguement penser à un navire.

Shorty stoppa un moment le side-car.

— C'est là ! dit-il. Mes copains ont loué un atelier en bas.

Il redémarra et contourna le bâtiment. Là, il coupa les gaz. Les baies vitrées des fameux ateliers étaient habillées d'un drapé noir fixé avec soin. La coproduction devait avoir lieu dans le plus grand secret, pensa la jeune fille, pourtant ils n'avaient rien à craindre de la concurrence : qui iraient les chercher dans un lieu aussi incongru ?

— Tu viens, Marie ? s'impatienta son compagnon.

— J'arrive !

Shorty frappa trois coups, puis deux, et on entendit la clef tourner dans la serrure.

— C'est comme pour ce crétin de p'tit Chaperon Rouge ! plaisanta le jeune garçon en se retournant vers Christina.

La porte s'entrebâilla.

— Eh, Simplet ! C'est nous ! Tu te décides à ouvrir où tu nous laisses dehors comme deux ronds de frites ? s'énerva Shorty.

L'homme ouvrit complètement la porte et les invita à entrer.

La première pièce était coupée aux deux tiers par un immense paravent.

— Ludovic Bertier, commença Shorty en désignant de la main l'homme qui les avait accueillis. Marie… c'est quoi ton nom au fait ? demanda-t-il soudain.

— De… Derain, corrigea-t-elle.

— Marie Derain… répéta Ludovic. Il faudra le modifier. Qu'en penses-tu, Hubert ?

Ledit Hubert surgit dans l'encadrement de la porte menant vers le deuxième atelier.

Avec son mètre quatre-vingt-sept, il était un peu plus grand que Ludovic.

Il portait un pantalon et une chemise de toile beige et le foulard noué autour de son cou s'harmonisait au bleu de ses yeux. Ses cheveux bruns étaient coiffés en un carré semi-long. Il maintenait les mèches de devant par un catogan sombre fixé derrière à mi-crâne.

— Marie Derain ? Ça fait un tantinet peuple, vous ne trouvez pas ? commenta-t-il d'une voix fluette, tout en haussant les épaules dans un geste étudié.

— Comme tu l'auras compris, lui c'est Bébert ! précisa Shorty à l'encontre de Christina.

Hubert haussa de nouveau les épaules et les traits fins de son visage se déformèrent en une grimace indignée.

— Bébert… Non ! Marie, appelle-moi Hub.

— C'est vrai que “Bébert”, c'est un peu trop viril pour toi ! poursuivit Shorty.

— Ce qu'il peut m'énerver ce gamin ! Voilà ! J'ai les nerfs à vifs ! se plaignit Hubert en regagnant la seconde pièce.

Le silence régna un instant, puis Ludovic prit les choses en main :

— Tu n'as jamais fait de bout d'essai avant, c'est bien ça ? demanda-t-il à Christina.

— Jamais…

— Nous voudrions voir comment tu réagis face à la caméra. C'est très important dans le métier : disons que c'est cinquante pour cent de la réussite, continua-t-il.

— De quoi parle le film ? demanda-t-elle.

— Le film ? répéta l'homme en jetant un regard vers Shorty. Tu ne lui as rien dit ?

Le jeune garçon secoua la tête en signe d'excuse et Ludovic reporta son intérêt sur Christina.

— Tu connais “Phèdre” ? demanda-t-il.

— La pièce de Racine ?

— Oui ! C'est à peu près la même histoire… Sauf que là, c'est une fille qui tombe amoureuse du mari de sa mère et qui va tout tenter afin d'éliminer cette brave dame pour arriver à ses fins ! termina Ludovic, un sourire aux lèvres.

— Alors ce n'est pas du tout comme “Phèdre”… lâcha la jeune fille.

Son interlocuteur perdit aussitôt son air satisfait, puis ajouta :

— Si… c'est une tragédie ! Tu n'as qu'à aller rejoindre Hub. Il va te préparer pour l'essai.

— Me préparer ?

— Tu sais bien, le maquillage, les fringues, enfin tout… Si tu restes ainsi, ça va être la catastrophe. Tu crois que Kim Basinger ou Sharon Stone se présentent à des castings habillées comme elles le seraient pour sortir leurs poubelles ?

Il l'accompagna dans la deuxième pièce. Là, de nombreux vêtements et toutes sortes d'objets hétéroclites s'empilaient dans des cartons. Sur une table, une lourde machine à coudre trônait. Près d'elle, à moitié enfouis sous des coupons de tissus divers, des morceaux de patrons étaient éparpillés. Sous une lampe articulée, Hubert cousait de la dentelle au bas d'un morceau d'étoffe.

— Hub, tu peux la préparer, s'il te plaît ?

— Mais bien sûr, Vic… Allons, Marie, dit-il en délaissant son ouvrage, assieds-toi ici.

Ludovic quitta la pièce et, alors que Christina prenait place sur la chaise, elle l'entendit parler avec Shorty :

— Shorty, tu peux m'aider à préparer le plateau ?

— No problemo ! C'est cool…

Pendant ce temps, à mesure qu'Hubert examinait le visage de la jeune fille, le sien se décomposait. Il secoua la tête avec désolation et pinça les lèvres.

— Jésus, Marie, Joseph… mon Dieu, mon Dieu, mon Dieu ! On ne peut pas dire que tu prennes soin de ton capital beauté !

Prestement, il s'empara d'une caisse de plastique blanc, avec une croix rouge sur le couvercle, posée sur le sol. Il l'ouvrit et en sortit un large élastique, une seringue et un petit flacon de liquide transparent.

— Qu'est-ce que c'est ? demanda Christina.

— C'est pour les poches sous les yeux, expliqua Hubert tout en lui retroussant la manche de son bras droit.

— C'est vraiment nécessaire ?

— Avec les cernes que tu as, ce n'est pas la peine de faire l'essai… Dans cet état, tu n'as aucune chance ! assura-t-il en lui garrottant l'avant-bras avec l'élastique.

Il s'empara de la seringue et, d'un geste expert, fixa à l'embout une aiguille stérilisée. Il plongea la pointe dans le flacon et aspira le liquide. Après s'être assuré qu'il n'y avait pas de bulle d'air, il frotta la peau de la jeune fille avec un coton imbibé d'alcool.

Il s'apprêtait à planter l'aiguille dans la veine saillante du bras de Christina lorsque celle-ci l'arrêta.

— Je croyais que c'était des gouttes dans les yeux qui faisaient disparaître ce genre de marque de fatigue… avança-t-elle.

— Avant oui… confirma-t-il, mais ça, c'est tout nouveau ! C'est révolutionnaire ! Ça vient des States, d'Hollywood, et ça fait un vrai malheur là-bas ! Kevin Costner et Mel Gibson se l'arrachent ! termina-t-il de sa voix fine.

Il lui sourit et, sans plus attendre, lui piqua l'avant-bras et injecta le contenu de la seringue. Christina grimaça lorsqu'il retira l'aiguille de son bras.

— L'effet est immédiat, lui assura-t-il.

Cette remarque résonna dans le lointain.

Soudain, Christina se sentait fatiguée… Ses pensées s'embrouillaient. Sa tête était de plus en plus lourde. Elle se laissa aller contre le dossier de la chaise et sa tête se renversa en arrière. Au-dessus d'elle, la lampe et les néons du plafond brillaient étrangement. Ses gestes se firent maladroits et pesants. C'est à peine si elle sentit Hubert lui retirer l'élastique du bras avant de sombrer.

Elle avait froid… Avec peine, Christina ouvrit à demi les yeux. Le projecteur qui se trouvait devant elle la blessa de sa lumière puissante.

Pourtant, elle continuait à marcher… ou plutôt, on continuait à la faire avancer. Elle était si faible… Son pied gauche heurta une estrade.

Elle se sentit soulever dans les airs, puis des bras musclés l'enlacèrent.

Elle s'abandonna contre le corps de l'homme qui la soutenait. Le contact de sa peau nue contre celle de son compagnon la fit frémir.

— Reste avec moi Marie, prononça une voix familière à travers le brouillard qui l'accablait. Non, non ! ce n'est plus le moment de dormir ! Ouvre les yeux… Voilà, comme ça. C'est cool…

— Ne t'inquiète pas Marie, dit une autre voix.

Celle-ci était féminine, mais Christina ne se rappelait pas l'avoir déjà entendue. Elle était douce et rassurante.

— Cesse de te crisper ainsi, conseilla la voix masculine.

— C'est fini maintenant, ajouta la voix douce, nous allons bien nous occuper de toi… dit-elle tendrement en lui caressant les cheveux.

Christina avait beaucoup de mal à garder les yeux ouverts et la vision qu'elle obtenait restait floue et colorée de nuances violentes et excentriques. Elle sentit qu'on la lâchait.

Elle chercha à maintenir son équilibre, mais c'était vraiment trop dur ! Ses jambes se dérobèrent sous elle et elle tomba en arrière… Le sol était moelleux et chaud : un lit… Quelle bonne idée, elle pourrait enfin dormir.

— On est prêts, dit la voix masculine. Isa ?

— C'est bon pour moi, répondit la voix féminine.

Il y eut un court silence…

Un second projecteur s'alluma. D'un mouvement du bras, Christina se protégea les yeux.

— Ça tourne… "Jules et Julies", première ! prononça clairement une voix fluette.

Il y eut un clap et, aussitôt, Christina entendit à nouveau les deux voix murmurer près de son oreille. La jeune fille sentit des mains se poser sur son corps. On la touchait, on l'embrassait… Des mains, trop de mains, la caressaient tendrement, jusqu'aux endroits les plus intimes de son être…

Elle rassembla toutes ses forces pour protester. Il fallait qu'elle réagisse !

Dans un effort prodigieux, elle se releva à moitié et se força à avoir une vision nette de la scène qu'elle vivait.

Shorty la saisit par la nuque et plaqua ses lèvres contre les siennes. Elle sentit sa langue explorer sa bouche avec brutalité. Le dégoût lui noua le ventre… Isa, quant à elle, s'occupait du pubis de la jeune fille. Elle le massait et le léchait amoureusement.

Totalement absorbée par son travail, la femme ne tenait pas compte des mouvements désespérés que faisait Christina pour tenter d'échapper à ce cauchemar ! Mais cette drogue, puisqu'à présent elle était convaincue que c'était ce qu'on lui avait administré, annihilait toutes ses forces…

Prise au piège… Elle était le pantin d'une sombre machination…

Dans son désespoir, Christina crut entendre, dehors, le bruit d'une voiture tout proche. Le moteur stoppa et une portière claqua.

— Au secours ! Aidez-moi ! cria-t-elle.

Sa voix était inintelligible et pas plus forte que de simples gémissements.

— Tu aimes ça, hein ? Salope ! commenta Isa en lui donnant un grand coup de poing dans l'estomac.

Christina en eut le souffle coupé, alors qu'une immense douleur parcourait son corps…

V

Le feu tricolore passa au vert et la 205 bondit aussitôt comme un cheval de course retenu trop longtemps dans son box.

« Quelle contrainte ces satanés feux lorsque la circulation, comme cette nuit, est nulle ! » ragea l'inspecteur Michel.

Dans sa hargne, la jeune femme écrasa la pédale d'accélérateur et le ronronnement du moteur redoubla. Elle ne savait même pas où elle allait ainsi, pareille à une furie... Elle se sentait trop enragée pour mettre de l'ordre dans ses idées. D'ailleurs, la seule pensée qu'il lui importait de détruire était la fichue compréhension de Daniel !

La jeune femme aurait souhaité oublier ce partenariat grotesque qui l'obligeait à supporter cet homme et à afficher constamment une image d'elle-même qu'elle voulait forte et sereine.

« Voilà ce qui me mine... » pensa-t-elle, alors que son véhicule dépassait le restaurant universitaire. Sans même y réfléchir, elle se dirigea en direction de Plœmeur... comme une vieille habitude tenace.

« Vous voulez en parler ? »

La voix de Daniel résonna dans sa tête... Une voix grave et pleine de compassion... Une voix insupportable... De quoi se mêlait-il ? Il s'immisçait dans sa vie, insidieusement. Il avait le don de l'énerver ! Cet homme était si étrange... Gabriela savait d'instinct qu'il lui cachait quelque chose et elle détestait cette attitude ! Certes, elle ne lui racontait pas tout non plus... mais elle, c'était normal !

La 205 traversait la rue principale de Kerledern et la conductrice apercevait déjà au lointain le rond-point qui précédait Plœmeur. Bientôt, elle serait en train de boire un café avec Louise... Le fax... Cette association d'idées la troubla. C'était pourtant là, la raison de son départ précipité du commissariat. Elle s'était donnée en spectacle devant Delage qui avait dû apprécier ! Elle avait craqué ! Son redoutable sang-froid qui avait fait sa célébrité aussi bien auprès des autres flics qu'auprès des voyous depuis le début de sa carrière, l'avait lâchement abandonnée... pour la seconde fois...

La 205 fit une embardée. Gabriela contre-braqua. Les pneus hurlèrent. Elle n'avait pas cru être si près du rond-point, plongée comme elle l'était dans ses pensées. À présent, il fallait reprendre le contrôle de l'engin fou et surtout éviter l'arbre centenaire qui s'approchait à une vitesse prodigieuse. La jeune femme freina, braqua à nouveau en sens inverse et esquiva le tronc de justesse. Enfin, la voiture stoppa et se retrouva au beau milieu du rond-point.

Gabriela lâcha le volant. Ses mains tremblaient. Elle s'en couvrit le visage et ferma un instant les yeux pour retrouver son calme.

— Merde !

La jeune femme soupira et redémarra. Les roues tracèrent de longs sillons dans l'herbe humide avant de regagner l'asphalte.

La minute suivante, la 205 contournait l'imposant bâtiment où Louise et Pierre avaient installé leur société. À cette heure-là, l'accueil n'était pas ouvert et il fallait passer par derrière pour accéder aux bureaux. Gabriela gara sa voiture dans la cour.

Lorsqu'elle referma sa portière, elle jeta un regard amusé aux tentures noires fixées à deux pas des ateliers. Elle se remémora la conversation qu'elle avait eue avec Serge le matin même… non, la veille au matin… et les conjectures qu'ils avaient élaborées ensemble au sujet de l'activité mystérieuse des nouveaux locataires. Une chose était certaine : aucune lumière ne filtrerait jamais de ces épais rideaux.

Sans plus attendre, la jeune femme emprunta l'escalier qui menait au premier étage. Elle ouvrit la porte avec sa clef… Pierre lui en avait donné un double du temps de leur mariage. Elle l'avait gardé : c'était plus pratique lorsqu'elle venait voir Louise.

Louise Overstone, justement, était agenouillée sur le sol de son bureau. Devant elle, les dernières sorties de l'imprimante couleur recouvraient la moquette grise.

Le faible appel d'air que provoqua Gabriela en ouvrant la porte du bureau fit se retourner immédiatement la jeune graphiste.

— Hello, dit-elle en se replongeant aussitôt dans son travail. Excuse-moi, mais je suis en deadline* dans vingt minutes...

Gabriela s'approcha de son amie et mit sa main sur son épaule. La jeune Britannique releva la tête.

— Je peux t'aider ? demanda l'inspecteur.

— Oui, merci. Tu vois les maquettes sur *le* table lumineuse : tu peux les encoller sur du bristol, please ?

Gabriela acquiesça tout en ajoutant d'un air mauvais :

— Évidemment, Pierre n'est jamais là pour t'aider dans ce genre de coup de feu !

— Ne sois pas mauvaise langue, Gab... Il gère toute la partie commerciale de la société. Moi, je n'y ai jamais rien entendu ! termina-t-elle dans un sourire espiègle.

Gabriela lui rendit son sourire et elles se mirent à travailler activement.

Un quart d'heure plus tard, Louise terminait la dernière photocopie.

— OK ! maintenant je file à l'aéroport.

— Je t'emmène si tu veux, proposa Gabriela.

---

*Deadline : dans le milieu publicitaire, la deadline est la date limite de remise de maquette à un client.

Elles furent à Lann Bihoué en un temps record grâce au gyrophare que l'inspecteur avait fixé sur le toit de son véhicule.

— Ça sert d'être flic ! rétorqua-t-elle.

Le trajet du retour fut plus calme et respectueux des limitations de vitesse. Bientôt, les deux amies se retrouvèrent à l'agence, une tasse de café à la main et un paquet de gaufrettes entamé sur le bureau de Louise.

— Tu vois, ici, avec *tout le* nourriture qu'on stocke, on pourrait tenir un siège pendant plusieurs semaines ! affirma celle-ci en lançant un regard complice au réfrigérateur branché dans le coin opposé de la pièce. Tu viens ce soir, n'est-ce-pas ? demanda-t-elle enfin.

Gabriela ne répondit pas.

— Ne fais pas *ton* mauvaise tête, Gaby ! C'est vraiment ridicule tout ça… Vous passez votre temps à vous éviter !

— Non ! Pierre et moi ne nous évitons pas. C'est juste qu'à chaque fois que nous sommes ensemble plus de cinq minutes, nous finissons toujours par nous quereller !

— Tu sais ce qui ne va pas chez vous : c'est ce sentiment de culpabilité qui vous ronge ! déclara Louise.

Gabriela détourna la tête en proie à de sombres pensées. Elle soupira, puis, fixant à nouveau son amie, confia :

— Je n'ai pas envie de passer cette soirée avec Pierre. Je ne veux pas gâcher ce dîner avec nos disputes incessantes.

— Stupid girl ! Tu es stupide ! Et Pierre également ! Ce drame a déjà détruit votre mariage, alors un dîner… franchement, ce n'est pas bien grave. Je tiens à vous avoir tous les deux, chez moi, ce soir. Si vous ne venez pas, je serai vraiment très déçue… et Alex aussi !

Gabriela battit en retraite… Lorsque Louise était ainsi, il était difficile de la combattre et Gabriela ne se sentait pas même le courage de tenter une simple escarmouche.

— Tu as gagné : je viendrai.

— Great* ! proclama Louise dans un sourire.

Le regard de la Britannique s'illumina et Gabriela se sentit soudain heureuse à la perspective de ce dîner.

— Coucou Louise, c'est moi. J'ai vu de la lumière, alors je suis monté voir si…

Le regard de Pierre se posa sur son ex-femme. C'était donc bien sa voiture qui était garée en bas.

— Gabriela ? Je ne me doutais pas que tu serais ici… mentit-il.

— Pourquoi ? Parce que sinon tu ne serais pas monté ? demanda-t-elle d'un ton agressif.

— I can't believe it** ! Temps mort, s'il vous plaît… implora Louise. Je croyais que tu ne rentrais

*Great : génial.

**I can't believe it ! : Je ne peux pas le croire !

que cet après-midi ? demanda-t-elle à l'encontre de Pierre.

— Il y a eu un problème à Angoulême : Frédéric Guimard a eu une crise d'appendicite aiguë au moment du déjeuner ! Finalement, le rendez-vous a été reporté à la prochaine quinzaine, expliqua-t-il sans quitter Gabriela des yeux.

Il ne changeait pas avec le temps, pensa la jeune femme, si ce n'était les quelques mèches blanches qui argentaient sa chevelure. Pierre était tel qu'elle l'avait rencontré neuf ans auparavant…

*

*   *

1986… Cette année-là, le ciel du mois d'avril était exceptionnellement beau au-dessus de Londres. En effet, la capitale britannique avait un instant délaissé ses célèbres cumulus gris pour une voûte céleste d'un azur éclatant.

Gabriela Santini avait profité du congé pascal de l'École de Police pour quitter la France et venir faire une petite escapade outre-Manche, afin de retrouver son amie d'enfance, Louise Overstone.

Louise suivait les cours de dernière année d'une des plus grandes écoles de graphisme publicitaire d'Angleterre et, en cette fin de cycle scolaire, elle courait les agences londoniennes pour acquérir de l'expérience.

— Et ce stage ? demanda Gabriela.

— C'est fantastique ! répondit Louise alors qu'un magnifique sourire éclairait son visage. L'ambiance est fantastique, reprit-elle, et mon responsable est…

— Fantastique ! termina Gabriela en riant.

Les deux jeunes filles s'étaient retrouvées devant la célèbre Pâtisserie Valérie et, après avoir sacrifié au péché de gourmandise, elles avaient poursuivi leur chemin en direction du métro de Knightsbridge.

Elles ne tardèrent pas à s'installer dans l'une des rames. Le métro était bondé, comme tous les soirs à cette heure-là.

— Dimanche, nous irons à Covent Garden pour les parades de Pâques, informa Louise. Nous y retrouverons Carl, je te le présenterai : il est si gentil… termina-t-elle avec un regard pétillant.

— Autrement dit, ton cher patron de stage n'a plus qu'à aller se rhabiller ! plaisanta Gabriela.

— Je te le laisse si tu veux ! C'est vrai qu'il est séduisant avec ses grands yeux clairs et ses magnifiques cheveux bruns, mais Carl… je l'aime, c'est tout… pouffa-t-elle.

— Que veux-tu que je fasse d'un Anglais ?

— Pierre est français, je ne te l'avais pas dit ? C'est l'un de tes compatriotes.

— Compatriotes… oui, si l'on veut.

Le dimanche suivant, les deux jeunes filles et Carl assistaient aux parades pascales. Carl Garnett était un jeune homme exquis et Louise et lui formaient un couple charmant. Puis, dans la foule qui se pressait pour admirer le spectacle, un homme fit un signe de la main au trio.

— C'est Pierre ! clama Louise.

Gabriela et Carl échangèrent un regard surpris. Le jeune homme resserra son étreinte autour de la taille de Louise lorsque Pierre les rejoignit. La jeune fille fit les présentations.

Pour Gabriela, le temps sembla s'arrêter, suspendre son vol... un peu à la manière de ces films d'amour qui abusent toujours trop des scènes au ralenti. Pierre passa machinalement la main dans ses cheveux bruns légèrement bouclés et souples. Ses yeux d'un gris très clair semblaient s'illuminer au pâle soleil de l'après-midi et la jeune fille aurait voulu se fondre en eux et s'y perdre à jamais.

L'homme était grand, élancé. Sa carrure laissait imaginer un torse puissant.

— Gabriela, Pierre Michel... continuait Louise, Pierre, j'aimerais te présenter mon amie : Gabriela Santini... Malgré son nom, c'est pourtant l'une des tiennes !

— Pardon ? s'excusa Pierre en parvenant avec difficulté à détacher ses yeux du visage de cette jolie jeune fille.

— Gaby est française, expliqua Louise.

— Je suis née à Rio, mais ma famille a quitté le Brésil pour venir s'installer en France quand je n'étais encore qu'une enfant... rectifia Gabriela.

— Oh… et… et vous vous plaisez à Londres, mademoiselle Santini ? demanda Pierre d'une voix mal assurée.

— J'aime beaucoup l'Angleterre et mon séjour va me paraître trop court, malheureusement…

— Vous partez ? s'enquit-il avec inquiétude.

— Demain soir… Je dois reprendre mes études.

— Vos cours commencent mardi ? commenta-t-il d'une voix terne.

— La semaine d'après seulement, mais…

— Ne pourriez-vous pas rester davantage dans ce cas ? l'interrompit-il.

— Mes parents seront ravis de te garder plus longtemps, proposa Louise, amusée par la scène qui se jouait entre les deux jeunes gens.

Carl se tourna vers sa compagne et articula sans pour autant émettre un son : « Je n'ai jamais vu un coup de foudre pareil ! Faudrait peut-être songer à les laisser seuls… » Louise acquiesça par un sourire, mais ne savait trop comment faire, jusqu'au moment où Pierre proposa de s'éloigner du vacarme que faisait la fête pour aller prendre un verre à l'écart.

— Oh non, répondit-elle immédiatement. J'ai envie de voir la fin des parades… et puis le bruit, vous savez tous que ça ne m'a jamais dérangée ! répliqua-t-elle avec espièglerie. Mais vous n'êtes pas obligés de rester…

Pierre entraîna Gabriela et, bientôt, le couple avait disparu dans la foule.

*

* *

Des éclats de voix lui parvinrent du hall.

Enfin ! pensa-t-il. Il allait pouvoir commencer ses investigations de manière sérieuse : d'abord lâcher quelques appâts, ensuite il n'y aurait plus qu'à attendre de voir qui mordrait à l'hameçon !

Daniel se leva de son siège. Il fallait modifier un peu son physique s'il voulait être crédible. Il passa une main sur la peau rêche de son menton et constata avec satisfaction qu'il était mal rasé. Il ébouriffa ses cheveux impeccablement plaqués pour se donner une allure un peu plus rebelle.

Il s'approcha d'un carton chargé de dossiers qu'avait archivés Gabriela et le souleva. Le reposant plus loin, il récupéra sa veste qu'il avait mis en dessous. Il l'examina d'un œil critique : elle semblait totalement défraîchie et mal repassée…

— Je n'en espérais pas autant ! murmura-t-il.

Il l'enfila, puis s'approcha de son bureau. Dans l'un des tiroirs, il prit une flasque métallique et son étui à cigarettes. Il avala une gorgée de scotch et sortit une cigarette. À l'aide de son cutter, il en sectionna la moitié et alluma ce qui lui restait.

Il chaussa enfin des lunettes de soleil et ouvrit la porte du bureau.

Au bout du couloir, David discutait avec deux de leurs collègues.

— Alors, gamin, encore de garde ? demanda Philippe Jéhanno.

— Si tu crois que ça m'amuse ! grimaça David.

— Méfie-toi… À délaisser ta petite copine comme ça, tu vas bientôt te retrouver célibataire ! renchérit Gwenaël Plagnes.

— Lâchez-moi, les gars… Ce n'est pas pour mon plaisir que j'assure ces foutues gardes, j'peux pas faire autrement ! rétorqua le jeune homme.

— Demande à Robic de te changer ta tranche horaire, intervint Daniel. Salut Phil, Gwen…

— J'ai déjà parlé à Robic, répliqua David d'un air maussade, mais il reste inflexible. Selon lui, être de quart régulièrement forge l'âme du matelot et le fait résister aux tempêtes… Et puis, c'est lui le capitaine de ce navire…

— Et on ne discute pas ses ordres ! déclamèrent les trois policiers de concert.

Philippe et Gwenaël s'échangèrent un regard complice après avoir étudié l'allure de Daniel.

— Dis donc le nouveau, commença Gwenaël. La nuit a été longue : c'était un bon coup, la copine de Tonnerre ? plaisanta-t-il.

— Vous êtes vraiment des nuls ! ragea David en s'éloignant pour répondre au téléphone.

Les trois policiers éclatèrent de rire. Puis Philippe reprit :

— Alors, la petite de cette nuit… c'était une affaire ?

— Tu parles ! Je me suis fait nettoyer au poker, oui… Comme diraient Les Inconnus : « J'ai over besoin de fric ! » Je dois encore cinq cent plaques à mes partenaires de jeu ! répondit Daniel tout en buvant une nouvelle gorgée d'alcool.

— C'est pas un peu tôt pour ça ? remarqua Philippe.

— Laisse-le vivre ! rétorqua Gwenaël. Allez Dan, viens que je te paye un café… Ça va te remonter le moral. Phil, si on nous cherche, on est sur le port.

Ils sortirent tous les deux du commissariat et, quelques minutes plus tard, ils étaient attablés devant deux expresso fumants.

— Dis-moi, Delage, j'ai des contacts à Grenoble… Paraît que t'es un vrai flambeur !

— Disons que j'aime jouer.

— Et comment comptes-tu rembourser tes mecs ?

— Ça, c'est mon problème.

Gwenaël regarda alentour le mouvement des rares passants du port. Derrière eux, le garçon qui les avait servis prenait une autre commande. Le sergent Plagnes attendit un moment.

« Bon, alors mon bonhomme, tu m'en parles de ta Route des Épices ! » songea Daniel en terminant son café.

— J'ai peut-être un plan qui pourrait t'intéresser, commença Gwenaël.

« Ça y est ! » exulta silencieusement Dan. « La journée s'annonce bien ! »

— Je recherche un mec comme toi… qui n'a peur de rien ! poursuivit Gwenaël. Ce soir, on se retrouve avec des copains et… il nous faut un quatrième pour ce poker…

— Un poker… pourquoi pas… Je pourrai toujours essayer de me refaire.

Ils quittèrent le bar et marchèrent vers le commissariat.

Alors qu'ils tournaient à l'angle de la rue, Agathe Renoir sortait de son bateau. Elle avait la quarantaine. Ses cheveux roux étaient retenus par un long ruban bleu. Elle portait un caleçon taupe et un long tee-shirt blanc. Elle descendit sur le ponton auquel son bateau était amarré.

Les lattes de bois tanguèrent légèrement mais Agathe n'y prêta pas attention : elle était habituée à ce genre de sensation. Elle poursuivit sa progression et le ponton continua d'onduler provoquant un petit clapotis dans l'eau qui attira l'attention de la quadragénaire. Elle regarda l'eau machinalement et cria.

*

*   *

— C'est pour toi, dit Ludovic.

Il tendit à Shorty une enveloppe que ce dernier ouvrit aussitôt. À l'intérieur il y avait dix billets de cent euros.

— C'est toujours un plaisir de travailler pour toi, lâcha Shorty.

— J'ai une commande de trois nouvelles cassettes avant la fin du mois, poursuivit Ludovic. Ça nous laisse peu de temps mais, si tu es intéressé, tu es le bienvenu.

— C'est cool ! Bon, il faut que j'y aille maintenant. Salut…

Ludovic regarda le jeune homme remonter sur le pont du bateau et quitter le port de plaisance.

L'homme se dirigea vers l'une des cabines et ouvrit la porte.

— Comment ça va ? demanda-t-il.

Hubert jeta un coup d'œil à Christina, étendue sur la couchette.

— Elle commence à reprendre ses esprits, dit-il de sa petite voix.

En effet, la jeune fille revenait à elle. Ses gestes étaient encore maladroits et hésitants. Enfin, elle ouvrit les yeux. La vision qu'elle avait manquait de netteté. Une sorte de halo semi-opaque voilait ces images aux couleurs étranges qu'elle parvenait à distinguer.

Elle se sentait si faible et elle avait mal un peu partout. Soudain, elle se rappela les événements de la nuit précédente. Elle avait espéré que ce fût un cauchemar mais, lorsque Ludovic s'adressa à elle, elle comprit à regret qu'il n'en était rien.

— Alors Marie, ça t'a plu de jouer les stars ?

— Laissez-moi partir… supplia-t-elle dans un murmure.

— Et priver le monde d'une comédienne d'un aussi grand talent ? Désolé, mais c'est hors de question ! Nous avons encore beaucoup de projets pour toi.

— Pourquoi moi ? demanda-t-elle.

— Ton physique, ton corps… répondit Ludovic d'une voix lourde tout en couvant Christina du regard. Ta façon de bouger, de te mouvoir… continua Ludovic. C'est inné chez toi : ton corps est fait pour l'amour !

— L'amour ? Ne parlez pas de ce que vous ne comprenez pas ! dit Christina.

Peu à peu, elle sentait ses forces revenir. Tout devenait plus clair, plus net.

— Tu es bien ingrate, Marie, plaida Ludovic. J'ai gravé à jamais ton image sur pellicule et je vais faire de toi une star !

— Je ne suis pas Dorian Gray ! Vous êtes une ordure… une… Je ne trouve pas de mot assez fort. Vous me donnez envie de vomir… termina-t-elle dans une grimace.

Elle se leva. Il lui fallut quelques secondes pour maintenir son équilibre.

— Cesse de te plaindre ! tempêta Ludovic. C'est toi qui voulais devenir actrice : c'est chose faite à présent !

— Vous m'avez droguée et… violée.

— Tout de suite les grands mots ! "Violée"… Shorty m'a dit que tu n'avais pas l'air si mécontente que ça, et il en a dépucelé bien d'autres avant toi !

À ces mots, Christina se jeta sur Ludovic et chercha à le griffer, mais Hubert détourna le geste. Il retint le bras de la jeune fille et lui assena un revers de la main qui la fit s'effondrer sur le lit.

— Ne l'abîme pas ! pesta Ludovic.

— Mais elle a failli te défigurer, Vic… Ces femelles ! Toutes les mêmes, mais je vais calmer celle-ci avec mon remède miracle.

— Vas-y doucement, Hub… Je ne veux pas la retrouver dans le même état que l'autre fille ! Trop accro à ta mixture, elle ne me sera plus d'aucune utilité ! informa Ludovic avant de quitter la pièce.

— Je ferai attention cette fois-ci, promit Hub.

Il reporta son attention sur Christina, et saisit le bras de la jeune fille. De sa main libre, il s'empara de la seringue posée sur la table toute proche.

— À nous deux, mon cœur…

— Non, je vous en prie… non… supplia Christina.

Mais Hubert ignora sa requête.

*

*　*

Gabriela raccrocha le récepteur du téléphone avec une mine défaite. Elle sortit de son bureau et monta à l'étage pour parler à son supérieur. Elle ouvrit la porte, les deux hommes présents à l'intérieur interrompirent leur conversation.

— Ça ne vous arrive jamais de frapper aux portes avant d'entrer ? demanda l'inspecteur Delage avec reproche.

Surprise de découvrir son partenaire dans le bureau de Joseph Robic, Gabriela ne répondit pas.

— Que se passe-t-il ? demanda Jo.

— Je sais où est Kheli, dit-elle.

— Dans ce cas, vous devez être heureuse, commenta Daniel. Avez-vous convenu d'un rendez-vous avec elle ? Je pourrais vous accompagner… Elle est mignonne ?

— Qui ? questionna Gabriela.

— Mais Kelly, évidemment.

— C'est Kheli : K.H.E.L.I… et je ne pense pas qu'il ait été votre genre… répliqua-t-elle ironiquement.

— Où était-il donc caché ? demanda Robic.

— Au bassin à flot. La brigade est déjà sur place pour s'occuper de lui… lâcha-t-elle.

VI

— Alors ? demanda Gabriela à son arrivée au port.

— On l'a trouvé ce matin à 7 heures 40, répondit le jeune policier. C'est une femme qui l'a découvert. Quarante-trois ans, rousse, de taille moyenne : elle s'appelle Agathe Renoir. Elle est là-bas, précisa-t-il d'un mouvement de la tête.

— Merci Tom.

Thomas Démézet s'éloigna et Gabriela se dirigea vers le corps que l'on avait repêché et qui, d'ores et déjà, était allongé dans un long sac de plastique sombre. Daniel la suivit sans qu'elle ne fasse pour autant attention à sa présence à ses côtés.

— Ce n'est pas beau à voir, Inspecteur… prévint Yves Derval, le médecin légiste, alors que la jeune femme s'apprêtait à ouvrir le sac.

Elle ignora son conseil et tira la fermeture à glissière. Daniel fit une grimace devant le spectacle qui s'offrait à eux. Sa partenaire ne cilla pas et écouta, sans quitter des yeux le corps de Kheli, les propos du médecin.

— Il a dû rester coincé sous le ponton pendant trente, trente-cinq heures… Pour le moment, c'est tout ce que je peux vous dire. J'en saurai davantage cet après-midi après l'autopsie.

— Tu le découpes aujourd'hui ? s'enquit Daniel.

— Tu sais, Dan, les clients ici se font plutôt rares… Je ne m'en plains pas d'ailleurs ! Ce n'est pas comme dans les bouquins : à Lorient, on ne charcute pas quinze macchabées par jour ! répliqua Yves.

Gabriela referma le sac et se leva.

— Je sais que vous êtes pressée, lui dit Yves. Je vous apporterai mon rapport en fin d'après-midi, pas avant.

— À 14 heures, pas après… Je suis effectivement pressée, confirma-t-elle avant de s'éloigner, laissant les deux hommes en tête à tête.

— Pas étonnant que son mari ait divorcé, maugréa Yves. Elle a un problème la Mère Michel ?

— C'est peut-être la disparition de son chat… ajouta Daniel.

— Plaisante pas avec ces trucs-là, Delage ! déclara-t-il d'une voix grave. Cette histoire lui a bousillé la vie ! Alors il serait peut-être temps qu'on essaye de l'oublier… si c'est possible. Bon j'y vais, à plus tard.

Daniel resta seul à se demander de quelle façon une comptine pour enfant pouvait “bousiller” la vie des gens… Yves avait semblé soudain très sérieux et presqu'agressif. Le regard qu'il avait posé sur Gabriela à cet instant-là s'illuminait d'une lueur particulière. De la pitié et une profonde tristesse en émanaient. C'était vraiment une étrange réaction…

*

* *

— Inspecteur Michel, se présenta Gabriela. C'est vous qui avez découvert le corps, c'est bien ça ?

Agathe Renoir opina. Visiblement, elle était totalement désorientée.

— Je suis désolée de vous poser toutes ces questions mais je n'ai pas le choix. Comment avez-vous découvert le corps ? demanda l'inspecteur.

Agathe ne répondit pas immédiatement. Ses yeux fixaient le vide et sa mémoire rediffusait non stop les images du drame.

— Je vis sur mon bateau, Le Pénélope… commença-t-elle. Ce matin, comme tous les autres, je suis sortie pour faire mon footing avant de me rendre à mon travail. J'ai sauté sur le ponton et il y a eu des remous dans l'eau… Au départ, je n'y ai pas prêté attention… Et puis…

La femme plissa les yeux comme face à une vision d'horreur.

Une grimace déforma son visage et tout son corps se crispa au souvenir qu'elle évoquait. Gabriela posa sa main sur son épaule.

— Je sais que c'est difficile, mais que s'est-il passé ensuite ? l'encouragea-t-elle.

— Je l'ai vu…

Il y eut une seconde interruption, puis Agathe reprit :

— Au début, je ne pouvais pas admettre que c'était un corps qui flottait ainsi... Ça paraissait tellement irréel...

Elle tremblait à présent. L'inspecteur la serra contre elle.

— C'est fini maintenant. Ça va aller, la rassura-t-elle. J'aurai besoin que vous passiez au commissariat afin de signer votre déposition, ajouta-t-elle.

— Bien sûr... répondit Agathe d'une voix blanche.

— Si vous avez besoin de parler... si vous êtes angoissée, je vous laisse ma carte. Vous avez mon numéro de bureau et le numéro de mon portable. Vous savez, l'homme qui est mort était l'un de mes amis... alors, si vous vous souveniez de quelque chose, même un détail mineur, appelez-moi.

Agathe prit la carte de bristol que lui tendait l'inspecteur.

— Je le ferai...

— Ça va aller ?

— Franchement... je l'ignore... Parvient-on à oublier ce genre d'événement avec le temps ?

— Non... répondit Daniel qui venait de les rejoindre.

Après avoir jeté une œillade pleine de reproche au nouveau venu, Gabriela fit les présentations.

— Agathe Renoir, mon collaborateur : l'inspecteur Daniel Delage. Madame Renoir, je peux vous conseiller un très bon analyste, reprit-elle. Il travaille beaucoup avec nous et ce genre de situation lui est familier.

Elle sortit un carnet et un crayon de la poche de son blouson de cuir et commença à noter.

— Voilà, le Professeur Michaël travaille à Bodélio. Il soigne toutes sortes de troubles mentaux, mais sa spécialité est la psychologie para-criminelle. Vous pouvez le joindre à ce numéro et vous recommander de moi ; il vous aidera.

Daniel regarda non sans surprise les dix chiffres qu'inscrivait sa partenaire sur le feuillet.

— Merci beaucoup, Inspecteur.

— Surtout, n'hésitez pas à appeler, réitéra Gabriela avant de laisser Agathe au soin de ses collègues.

— Dites-moi, demanda Daniel lorsqu'ils furent seuls, ce numéro de téléphone que vous avez donné à cette dame, c'est quoi au juste ?

— Je vous l'ai dit : c'est celui d'un psychologue. Il est très compétent dans son domaine et a aidé bon nombre de nos témoins…

— Mais c'est le numéro que vous m'avez donné à notre première rencontre ! fit remarquer Daniel.

— Je sais, oui. Vous croyez que je communiquerai mon numéro personnel à n'importe quel inconnu… répondit-elle d'une voix légère.

— Votre professeur, il s'occupe également de troubles mentaux… N'est-ce pas ?

— Justement ! répliqua la jeune femme avec un sourire mutin avant d'entrer dans sa voiture.

Et là, soudain, elle se sentit accablée. Daniel, devinant son malaise, se pencha vers la vitre ouverte.

— Et vous ? Ça va aller ?

— Je n'arrive pas à croire qu'il soit mort… Et maintenant, il faut que je l'annonce à Liliane… continua-t-elle d'une voix étranglée.

— Allez, poussez-vous, je vais conduire.

Docilement, Gabriela se poussa sur le siège du passager et Daniel la remplaça au volant.

— La dernière fois que je l'ai eu au téléphone, il semblait sur le point de mettre à jour une grosse affaire. Il pensait que c'était lié avec la fille qu'on a récupérée la semaine dernière…

— Quelle fille ? s'enquit Daniel.

— Une adolescente… Lorsqu'on l'a découverte, elle était au bord de l'overdose… Les médecins ont réussi à la maintenir en vie mais elle est toujours dans le coma… Tournez à droite au prochain carrefour.

Daniel suivit ses indications tandis que Gabriela, intarissable, poursuivait son histoire :

— Elle s'est injecté une saloperie dans les veines et son organisme réagit mal au manque de cette substance.

— On a réussi à l'identifier ? demanda Daniel. Je veux parler de la substance, on sait de quelle drogue il s'agit ?

— L'hôpital cherche encore : aucune des drogues de substitution connues n'ont eu d'effets positifs… Son cas était si particulier que Kheli s'était penché dessus. Continuez tout droit après le rond-point.

Il y eut un silence puis la radio retentit :

— Aux équipes déjà sur place, ordre de disperser les badauds entourant le bassin à flot et de rétablir la circulation.

— Les gens ne respectent plus rien ! ragea Gabriela à l'écoute du message radiophonique.

— Vous êtes à cran, c'est pour cela que vous êtes en colère.

— Et Liliane... comment vais-je le lui annoncer ?

— Laissez parler votre cœur et vous trouverez les mots qui sauront l'apaiser...

La jeune femme l'observa avec attention.

— Vous savez, Delage, vous êtes un drôle de type... Dés l'instant où l'on croit vous comprendre et cerner enfin le personnage, vous dévoilez une nouvelle facette de votre caractère, détruisant ainsi toute conjecture !

— Vous vous posez donc tant de questions à mon sujet ? demanda-t-il, amusé.

— C'est vrai que je m'interroge sur vous, confessa-t-elle. Arrêtez-vous, c'est là, le portail blanc.

Daniel stoppa la 205 et se tourna vers sa coéquipière.

— Je vous accompagne si vous le souhaitez, proposa-t-il.

— Non, je dois y aller seule... répondit-elle d'une voix étrangement basse.

— Je vous attends.

La jeune femme retira sa ceinture de sécurité et

sortit de l'automobile. Puis elle se pencha vers l'homme qui se tenait patiemment derrière le volant.

— Merci Dan, merci d'être là… lâcha-t-elle avant de se diriger vers le portail de la petite maison.

L'inspecteur Delage resta perplexe. C'était la première fois qu'elle l'appelait par son prénom… Si elle avait du mal à cerner sa personnalité, la sienne n'était certes pas plus simple à définir. Si seulement elle voulait bien laisser son armure au placard plus souvent !

Dan… il l'entendait encore prononcer ce mot avec une douceur qu'il ne lui connaissait pas. C'était vraiment une femme étrange : Robic, lui-même, n'avait-il pas parlé de mystère à son égard ?

Daniel se demanda s'il découvrirait un jour ce qui la poussait à être aussi froide et distante par moments. Son ex-mari en était peut-être la cause…

Ce fut à cet instant que la porte d'entrée s'ouvrit devant Gabriela. Daniel n'entendait pas les paroles que s'échangeaient les deux jeunes femmes, mais lorsqu'il vit Liliane s'effondrer dans les bras de Gabriela, il sut que le plus dur était passé. Il sentit son estomac se nouer ; il savait par expérience que ce genre de démarche était loin d'être agréable.

Quelques minutes plus tard, sa collègue rejoignit la voiture et ils repartirent en direction du commissariat.

*

*　*

— Comment tu ne sais pas où elle est ? cria Émilio.

Shorty baissa la tête d'un air contrit et ne dit mot.

— Vous étiez ensemble hier soir, non ? Alors quoi, que s'est-il passé ? demanda Émilio.

— Je te l'ai déjà dit !

— Je ne comprends pas... Elle avait l'air si naïve, si gentille...

Le jeune homme s'écroula sur l'un des sofas du Biz'Ness Café et Shorty s'assit en face de lui.

— Écoute, moi aussi, j'ai pris Marie pour une fille bien à qui on pouvait faire confiance...

— Je l'imagine mal profitant d'un instant d'inattention de ta part pour te piquer le side et disparaître... renchérit Émilio.

— Traite-moi tout de suite de menteur, ce sera plus simple ! s'insurgea Shorty.

Émilio grimaça.

— Mais non, ce n'est pas ce que je voulais dire. Je sais bien que tu dis la vérité, j'ai juste un peu de mal à m'y faire...

— Tu as flashé sur cette fille, n'est-ce pas ?

— Absolument pas ! assura Émilio.

La rapidité de sa réponse fit sourire son compagnon.

— Tu as flashé sur elle...

— Et alors ? De toutes façons je me suis planté ! Elle est comme les autres !

Émilio se leva et partit faire un flipper.

Shorty réajusta sa casquette. C'était vrai que Marie était naïve et, avec Émilio, elle faisait la paire ! pensa Shorty.

*

* *

Il consulta sa montre d'un geste nerveux. Tout en regardant alentour les hommes qui déchargeaient les marchandises des ventres remplis des bateaux amarrés au quai, il tira une bouffée de sa Winston. La fumée qu'il aspira sembla le calmer un instant. Dans le ciel, trois goélands laissèrent échapper quelques cris d'envie en voyant les caisses de poisson s'entasser les unes près des autres sur les pavés du port de pêche. L'homme ne leur prêtait aucune attention. Il remonta le col râpé de sa veste comme pour se protéger du vent qui, pourtant, était inexistant en ce milieu de matinée. Il fit deux pas dans un sens, puis revint en arrière pour retrouver sa position initiale. Dans un réflexe automatique, il vérifia que son 357 Magnum était présent dans son holster. Il se sentait toujours plus serein lorsqu'il savait son arme à sa disposition. Pour la seconde fois, son regard se posa sur le cadran de sa montre.

— Que fait-il ? Il n'est jamais en retard à ce genre de rendez-vous, habituellement ! pesta-t-il.

Soudain, il sentit qu'on lui attrapait l'épaule. Aussitôt, il plongea la main sous sa veste pour se saisir de son revolver et fit volte-face.

— Du calme, ce n'est que moi ! Je suis désolé pour le retard mais, avec ce meurtre, ce n'est pas évident de circuler… clama le nouveau venu.

— Ce meurtre était nécessaire ! affirma le premier. Il avait tout découvert : les tenants et les aboutissants !

— Elle sait ?

— Non. Il n'a pas eu le temps de lui parler.

— Tant mieux ! je n'aurais pas aimé être obligé de lui régler son compte à elle aussi… Il ne faut pas mettre l'organisation en péril.

Ils se turent, puis l'autre reprit :

— J'ai trouvé un quatrième pour ce soir.

— Bien. Il est sûr ? J'imagine que tu as pris des garanties !

— Évidemment ! Et, de toutes façons, j'ai des atouts dans ma manche en ce qui le concerne, termina-t-il avec une rire sardonique.

— Qui est-ce ?

— Le nouveau.

Son interlocuteur blêmit à ces mots. Ses yeux s'agrandirent et les traits de son visage se crispèrent.

— Tu es sûr de toi ? Et de lui ? Ne fais pas tout capoter par tes négligences… Ça risquerait de les mettre en colère et je n'y tiens pas du tout… lâcha-t-il.

— J'ai pris mes renseignements à la source : j'ai des amis de confiance à Grenoble. Il nous reste peu de temps : on ne peut guère faire les difficiles et ça, ils doivent le comprendre ! ajouta l'autre.

— Si jamais Kheli avait eu le temps de transmettre ses informations à Gaby, le nouveau est bien placé pour la stopper. Tu as raison : Delage fera parfaitement l'affaire.

Son compagnon acquiesça d'un air entendu et ils se séparèrent.

*

*   *

— Il rédigeait ses notes à l'aide d'un code… et je ne le connais pas ! gémit Gabriela.

De rage, elle referma violemment le dossier qu'elle était en train de lire et le jeta en l'air avant de se prendre la tête entre les mains. Les feuilles contenues dans le dossier s'échappèrent de la chemise de carton et s'éparpillèrent sur le sol.

Daniel, surpris par la brusquerie de son geste, observa sans intervenir puis son attention se reporta sur sa coéquipière. Cette dernière soupira bruyamment, secoua la tête de désespoir tout en se frottant les yeux afin d'en chasser la fatigue qui les poussait à se fermer malgré elle. Lorsque la jeune femme remarqua le regard de son collègue sur elle, elle eut un rire moqueur envers elle-même.

— Je suis désolée de m'être emportée… s'excusa-t-elle.

— Ça ne fait rien, c'était divertissant et je crois que vous êtes prête pour la prochaine remise du Molière ! plaisanta Daniel en souriant.

Elle lui rendit son sourire puis les traits de son visage se crispèrent de nouveau.

— Je ne sais pas si les dossiers que Liliane nous a confiés nous seront d'une grande utilité si nous ne parvenons pas à percer ce code, reprit-elle d'une voix grave et sérieuse.

Daniel se leva, ramassa les feuillets qui jonchaient le sol et les remit dans la chemise.

— Les codes sont faits pour être décodés… dit-il dans un clin d'œil en lui tendant le dossier.

Elle s'en saisit et le remercia.

— Il y a sûrement une solution… mais laquelle ? lâcha-t-elle.

— Vous avez essayé les codes habituels ?

— Oui mais sans succès : Kheli n'était pas du genre à prendre un code qui aurait pu être déchiffré par le premier venu ! C'est un langage personnalisé… répondit la jeune femme en secouant la tête en signe d'impuissance.

— Il ne vous en a jamais parlé ?

— Non… Je n'ai…

Le téléphone sonna et Daniel décrocha :

— Bureau des inspecteurs Michel et Delage, j'écoute.

Il attendit la réponse et transmit le combiné à Gabriela.

— C'est Liliane.

— Merci… Liliane ? Que se passe-t-il ?

Daniel regagna sa table et s'empara de son étui à

cigarettes. Il en sortit une qu'il alluma. Il en aspira deux bouffées puis perçut un claquement de doigts dans son dos. Il se retourna vers Gabriela qui était toujours au téléphone.

Elle le mima en train de fumer et lui fit signe de sortir de la pièce. Il y avait quelque chose de suppliant dans son regard qui le troubla. De bonne grâce, il s'exécuta et quitta les lieux.

Quelques minutes plus tard, la jeune femme le rejoignit dans le couloir. Elle constata avec soulagement qu'il avait terminé sa cigarette.

— Merci d'être sorti, dit-elle simplement.

Elle ne nota pas la grimace d'agacement que Delage esquissait du bout des lèvres.

« Pour qui se prend-elle ! », rageait-il intérieurement. Il voulut lui en faire la remarque, puis se ravisa : cela ne ferait qu'empirer les choses… Les trois dernières heures s'étaient miraculeusement écoulées sans querelle ni dispute, c'était dire s'ils venaient d'établir un nouveau record d'entente cordiale, pulvérisant ainsi le précédent.

— Liliane a trouvé tout un lot de disquettes archivées et elle pense que c'est important. Je vais les chercher, informa Gabriela en le laissant en plan.

Puis elle fit une halte et se retourna vers lui :

— Souhaitez-vous m'accompagner ? proposa-t-elle.

Il n'en fallut pas plus à Daniel pour lui emboîter le pas.

*

* *

Dans le lointain, derrière la brume qui obscurcissait ses pensées, elle distingua le cri d'une mouette. Il se répéta mais, à présent, Christina n'était plus certaine qu'il ne s'agisse en fait que d'un produit de son imagination. Tout ce qu'elle voyait était tellement étrange… Les sensations aussi… Elle se voyait flotter dans les airs et une douce torpeur engourdissait son corps. Enfin, elle n'avait plus peur, et les craintes de tout à l'heure appartenaient désormais à un passé définitivement révolu.

Un sourire bienheureux étira ses lèvres et elle soupira d'aise.

« Que ce calme et cette quiétude ne disparaissent jamais ! », songea-t-elle.

Elle ne s'était jamais sentie aussi sereine…

VII

Ses mains virevoltaient en tous sens et couraient le long du clavier de son ordinateur avec une rapidité déconcertante. Un à un, les caractères qu'elles frappaient s'alignaient sur l'écran coloré à la manière d'une armée de petits soldats bien disciplinés. Cependant, la chaîne se brisa et l'écran resta muet.

Comment se concentrer sur ce texte ? De quelle façon trouver les mots adéquats pour cette grande marque de cosmétiques américaine alors que ses pensées convergeaient vers un tout autre sujet. De guerre lasse, Louise soupira et recula sa chaise d'un geste brusque, se levant pour chercher une autre tasse de café.

La jeune femme se perdit dans la contemplation béate du liquide brun qui emplissait la tasse de porcelaine blanche.

Pierre regarda son associée agir sans mot dire, puis, lorsque les yeux de la jeune femme se posèrent sur lui, il lui demanda ce qui la tourmentait.

— Rien, mentit-elle.

— Allons, Louise, je te connais et tu es inquiète, je le vois bien…

— Tu veux un café ? demanda-t-elle en lui tournant le dos pour couper court à cet interrogatoire.

Pierre savait maintenant que son amie ne dirait rien et qu'il lui faudrait attendre qu'elle décidât de se confier.

En fait, pensait Louise, comment pouvait-elle lui révéler qu'elle avait un mauvais pressentiment quant à la soirée qui les attendait. Depuis le début de l'après-midi, les paroles de Gaby résonnaient dans sa tête : « Je ne veux pas gâcher ce dîner avec nos disputes incessantes. »

Pour la seconde fois, Louise se tourna vers Pierre qui, s'étant remis au travail, terminait un devis pour un nouveau client.

— Promets-moi *un* chose, Pierre…

Il redressa la tête d'un air étonné.

— Laquelle ?

— Promets que tu feras ton possible pour que la soirée se déroule bien.

— Évidemment ! répondit-il en haussant les épaules.

Il se passa la main dans les cheveux et son regard se porta instinctivement vers le cadre vert qui trônait sur son bureau.

— Le problème, c'est que Gaby et moi n'arrivons plus à communiquer autrement qu'en haussant le ton.

Ses yeux quittèrent la photo couleur et fixèrent Louise. La jeune femme put y lire des sentiments de reproche et de regret entremêlés, mais aussi une étrange lueur d'impuissance.

— Est-ce qu'un jour vous parviendrez à dépasser ce stade ? demanda Louise.

— Franchement, je l'ignore… Tout est encore trop présent pour moi ! Si seulement elle n'avait pas été…

— Si seulement elle n'avait pas été flic ! termina la jeune femme. Parce que c'est bien ce que tu reproches à Gabriela : son métier.

— C'est ce pourquoi nous avons divorcé, lâcha Pierre.

— No, you fool* ! renchérit-elle. Ce n'est pas son job qui vous a séparés, mais votre rancœur mutuelle ! Vous avez préféré fuir plutôt que d'affronter le malheur qui vous accablait et tu le sais aussi bien que moi ! acheva-t-elle d'une voix sourde.

Elle s'approcha du bureau et posa devant Pierre le second café qu'elle avait servi.

— Tiens… *ton* tasse… Bois pendant que c'est chaud.

Elle lui caressa les cheveux avec une tendresse amicale et il la gratifia d'un faible sourire.

*

*   *

*No, you fool ! : Non, espèce d'idiot !

Le paysage que lui dévoilaient les vitres des fenêtres ne réjouissait guère Joseph Robic. En effet, un à un, d'épais nuages s'amoncelaient et recouvraient le bleu pâle du ciel avec une franche détermination. Le temps devenait maussade… et l'humeur du commissaire également.

Installé à sa table de travail, il jouait d'une main distraite avec le câble torsadé de son combiné téléphonique tout en poursuivant sa conversation.

— Il est mort… dit-il simplement.

Robic hocha la tête en réponse silencieuse aux commentaires de son interlocuteur.

— J'ai eu un peu peur de la réaction de ta fille, je dois bien l'avouer, mais finalement Gaby prend cela avec beaucoup plus de détachement et de recul que je ne m'y attendais… continua Robic.

A l'autre bout du fil, le père de Gabriela donnait son avis sur la question.

— C'est vrai qu'elle a énormément changé depuis ce jour-là : à présent, rien ne semble plus l'atteindre. Elle paraît si… froide ! Dire que deux années se sont déjà écoulées. Le temps passe à une vitesse effrayante.

Il y eut une pause et, soudain, dehors, la pluie éclata avec violence.

— Et voilà, on en a pour la journée, maugréa le commissaire. Adieu notre partie de pêche…

Son correspondant acquiesça avant de prendre congé.

Robic raccrocha le combiné et se leva pour regarder la pluie frapper à grosses gouttes sur les carreaux. Tout en observant l'eau dessiner d'insolites arabesques sur la vitre, il pensait à l'appel de son ami. Ils se connaissaient depuis l'enfance et avaient usé les mêmes bancs d'école jusqu'à ce que leurs études ne les séparent et que Joseph ne rentre dans la police. Ils avaient continué de se voir, Jo avait même été le témoin de Yann lors du mariage de ce dernier avec la plus belle fille que le futur commissaire ait jamais vue…

Il était encore là à l'arrivée de Gabriela.

Gabriela… Machinalement, le commissaire se tourna vers la grande pendule ovale fixée au-dessus du chambranle de la porte : presque 15 heures, la jeune inspectrice ne tarderait plus à rentrer de son rendez-vous maintenant.

Mais il se trompait et ce ne fut qu'en toute fin d'après-midi que la jeune femme réapparut.

— Gabriela, votre père cherchait à vous joindre, l'informa Robic lorsqu'il la croisa dans le hall.

Daniel regarda sa collègue. Il n'avait jamais songé qu'une femme aussi indépendante qu'elle puisse avoir un père, pourtant, c'était bien dans la logique des choses…

— Que voulait-il ? demanda-t-elle.

— Vous inviter à dîner, mon petit, rien de plus, répondit Robic avec empressement.

Tout en hochant la tête, elle répondit :

— Je suis déjà prise ce soir et ce vieux loup de mer le sait très bien ! Non, il a dû apprendre la mort de Kheli et s'enquérir, auprès de son fidèle complice, de ma réaction… conclut-elle dans un sourire mutin.

Robic acquiesça de mauvaise grâce avant d'ajouter :

— Et votre enquête, elle avance ? interrogea-t-il en fixant tour à tour Daniel et la jeune femme.

En deux phrases, le tandem expliqua à son supérieur les découvertes de la journée. Les disquettes retrouvées chez Liliane restaient verrouillées par un code d'accès inconnu, mais les deux inspecteurs étaient bien décidés à en percer le secret, persuadés que derrière cette porte close résidait la clef de toute l'affaire. Ils étaient tous les trois en pleine conjecture lorsqu'Yves Derval passa la porte d'entrée.

— Excusez-moi de mon retard, commença-t-il en évitant le regard de Gabriela, mais j'ai eu un contretemps et viens juste de terminer l'autopsie de votre client.

— C'est sans importance, répondit Gabriela, car en fait nous avons été absents toute l'après-midi… poursuivit-elle, un peu gênée d'avoir été si intransigeante le matin.

— C'était grave ce contretemps ? demanda Robic.

— Non, un de mes garçons s'est ouvert le menton en sport à l'école. Leur mère est en voyage dans sa famille, alors l'institutrice m'a contacté mais c'est sans gravité, termina le légiste.

« C'est étonnant comme cet homme peut se confier facilement », nota Gabriela. « Un jour, cela lui jouera des tours ! » Tout en y songeant, la jeune femme prit le dossier qu'Yves lui tendait.

— Alors Yves, ne nous fais pas languir plus avant. S'agit-il d'un meurtre ou d'un suicide ? demanda bientôt Daniel que toute cette conversation sur les petits malheurs du quotidien impatientait.

— Disons que, pour un suicide, le gars avait de l'imagination ! répliqua Yves.

Ses trois interlocuteurs le dévisagèrent sans le comprendre.

— Mais... que voulez-vous dire, Yves ? questionna Gabriela.

— Il présente tous les signes d'un grave traumatisme crânien... Un peu comme si sa tête avait servi de balle de base-ball à Jo Dimagio... Mais comme notre client était un homme plein de ressources, il a ensuite trouvé le moyen – grâce à son bras extensible – de se tirer une balle de 357 Magnum droit au cœur et ce, à plus de deux mètres de distance !

Il fit une pause pour ménager son effet avant de poursuivre :

— Puis, il a attendu trois heures avant de s'immerger sous l'un des pontons du port de plaisance. Original comme suicide, vous n'êtes pas de mon avis ?

Face à lui, son auditoire n'émit aucun commentaire. Un peu déçu par ce manque d'écho à son humour noir, Yves prit congé.

— Bon, je dois retourner m'occuper de mon chat... Si vous avez des questions, on se voit demain.

Il tourna les talons et disparut par où il était venu dans un silence total.

— Après avoir lâché une telle bombe, il ne trouve rien de mieux que d'aller nourrir son chat ! Ce type est vraiment étrange... commenta Daniel.

Gabriela se tourna vers lui, posa une main sur son épaule et lui dit :

— Laissez-moi vous donner le code : dans le langage d'Yves Derval, le mot "chat" ne désigne pas un mammifère à quatre pattes, mais signifie "enfant"... C'est son fils qu'il est allé rejoindre, c'est tout... finit la jeune femme dans un sourire un peu pâle tandis qu'elle se dirigeait vers son bureau pour étudier le dossier d'autopsie.

Utiliser le mot "chat" pour parler de son fils. Quelque part, cette métaphore gênait Daniel sans qu'il parvienne à saisir exactement pourquoi.

A la réflexion, Derval n'était pas étrange : il était cinglé !

Robic le tira de ses pensées.

— Dites-moi, Delage, et votre propre enquête ? Si nous allions dans mon bureau pour nous entretenir... proposa-t-il à voix basse.

Les deux hommes montèrent l'escalier pour rejoindre le bureau du commissaire.

— J'ai cru pouvoir entrer en contact avec un des membres du groupe, mais c'était une fausse piste. J'en ai seulement retiré une invitation pour une partie de poker ! grimaça Daniel.

— Vous n'avez plus beaucoup de temps pour mettre à jour toute cette organisation, rappela Robic. Que comptez-vous faire ?

— Franchement, rien ne se passe comme je l'avais prévu et cette autre enquête me prend beaucoup de temps, confia l'inspecteur.

— Laissez-la tomber !

— Mais comment ? Gabriela ne comprendra pas et deviendra soupçonneuse… C'en sera fini de ma couverture !

— Trouvez un moyen afin de pouvoir vous esquiver de temps en temps ! Il ne faut pas que le prochain chargement quitte Lorient. C'est là la seule priorité ! déclara Joseph Robic.

Les derniers mots du commissaire résonnèrent avec force entre les quatre murs. Daniel le quitta sur ces entrefaites pour rejoindre Gabriela, mais, lorsqu'il pénétra dans leur bureau, la jeune femme avait déjà plié bagage.

Il trouva un mot laissé à son attention sur son sous-main. Rapidement, il en lut le contenu. C'est vrai, se souvint-il, Gabriela avait dit qu'elle était prise ce soir. Selon la note qu'elle lui avait laissée, elle expliquait qu'elle passait la soirée chez des amis et avait inscrit le numéro de son portable au cas où il aurait besoin de la joindre pour les besoins de l'enquête.

— A quoi rêves-tu ?

Daniel se retourna et découvrit Gwenaël Plagnes dans l'encadrement de la porte.

— Ta petite collègue a déjà quitté le navire ? C'est un scoop ! Tu es prêt pour ce soir ? renchérit Gwenaël.

— Sans problème. Juste un petit tour afin de récupérer mes liquidités et je suis à toi, assura Daniel.

— Parfait ! Parfait !

Sans rien ajouter, Plagnes s'en fut, laissant Daniel perplexe : il aurait juré que Gwen faisait partie du trafic… Son flair l'aurait-il induit en erreur ?

La sonnerie de son téléphone coupa court à ses réflexions.

— Delage, j'écoute.

— Je souhaiterais parler à l'inspecteur Michel… demanda une voix masculine dans le récepteur.

— Elle est absente. Je suis son collègue, je peux prendre un message ? se renseigna le policier.

— Je ne savais pas que Gabriela travaillait en équipe, répliqua la voix. Elle aurait pu m'avertir ! poursuivit-elle comme pour elle-même.

— Je suis désolé de vous demander ça, mais qui êtes-vous ?

— Son mari.

La réponse laissa Daniel abasourdi… Pourtant Gabriela était divorcée mais, à première vue, ledit "ex-mari" ne se laissait pas rayer de sa vie si aisément !

— De toute façon, je la verrai ce soir au dîner… continua Pierre. Un message serait inutile, merci.

Et il raccrocha. Daniel l'imita.

Ainsi elle passait la soirée avec son ex…

*

*   *

Il essaya à nouveau d'ouvrir la serrure qui maintenait closes les deux vitres. Il introduisit la clef de plastique rouge dans le verrou mais, comme la bleue et la jaune, elle refusa d'obtempérer. D'un geste rageur, Lucas envoya son jouet jusqu'à l'autre bout de la pièce, où il termina son vol contre les livres du deuxième rayonnage de la bibliothèque en chêne.

Les trois jeunes femmes, assises sur le canapé aux motifs géométriques, cessèrent leur conversation, abandonnant pour un temps l'évocation nostalgique de leurs souvenirs.

— Lucas, mon chéri… protesta Alexis.

Le petit garçon leva vers sa mère un regard noir et boudeur. Ne comprenait-elle pas qu'il veuille jouer avec toutes ces merveilles que renfermait, derrière ses vitres closes, ce meuble magique ?

Çà et là, de magnifiques objets trônaient les uns près des autres. Tous brillaient d'un éclat vif et mystérieux. Il y avait ce cheval qui se cabrait avec majesté. Cet oiseau, si fin, aux mille couleurs. La grosse voiture translucide sur son épais socle noir.

Et le lapin… Il ressemblait au dauphin de Maman, celui qui était posé sur la table de la cuisine, dans leur maison de Londres…

Devant l'incompréhension de sa mère, Lucas se tourna vers Louise.

— J'veux ça ! dit-il en désignant le lapin. Please…

— Je ne pense pas que Lou te laissera jouer avec son lapin de cristal, intervint Alexis.

La jeune femme se pencha et le prit dans ses bras. Elle rejoignit le canapé d'où Louise n'avait pas bougé. Gabriela, quant à elle, tendit au garçon son jouet qu'elle était allée ramasser. Il lui sourit et elle lui ébouriffa les cheveux avec tendresse.

Comme il était beau.

Louise se leva bientôt sans mot dire alors que ses deux amies continuaient de discuter.

Lucas se trémoussa sur les genoux d'Alexis pour mieux observer la lampe qui, au-dessus du chambranle de la porte du salon, clignota à plusieurs reprises. Puis d'un air rêveur, il contempla encore d'un regard envieux le lapin de cristal, toujours immobile, prisonnier de sa cage de verre. Finalement, l'enfant abandonna les genoux maternels pour se glisser aussitôt sur ceux de Gabriela, ce qui lui donnait un point de vue différent de l'ensemble.

Telle fut la scène qui accueillit Louise lorsqu'elle réapparut dans la pièce en compagnie de Pierre qui venait d'arriver.

L'homme marqua un temps d'arrêt et croisa le

regard de son ex-femme. Sans qu'aucun mot ne fut prononcé, tous deux surent que la soirée s'annonçait beaucoup plus difficile qu'ils ne l'avaient mutuellement imaginé…

Alexis se précipita vers le nouveau venu.

— Pierre, je suis tellement heureuse de te revoir ! Ça fait un bail… ajouta-t-elle d'une voix enjouée.

— Alex, tu es resplendissante ! confia-t-il en l'embrassant.

— A présent que tout le monde est là, je veux prendre une photo ! annonça Louise.

Avec la rapidité de l'éclair, la jeune Anglaise gagna l'autre pièce et revint avec son appareil photographique en main.

La réaction de Lucas ne se fit pas attendre. Aussitôt, il quitta le canapé et, tout en fixant l'objectif, prit la pose sous le regard amusé des adultes.

— Il adore qu'on le prenne en photo… déclara Alexis d'une voix sans timbre. Ça doit lui venir de son père…

Afin d'éviter un trop lourd silence, la jeune femme poursuivit sans attendre :

— Greg aurait adoré faire des portraits de son fils ! Il n'avait pas son pareil avec les enfants, ajouta-t-elle, les yeux légèrement brillants.

— C'est vrai que Greg était un photographe exceptionnel, renchérit Pierre. Je me souviens de sa première exposition. Il avait choisi notre agence pour gérer toute sa campagne de pub. Je me rappelle l'émotion qui m'a envahi quand il m'a montré ses clichés. Je me suis toujours demandé par quel moyen il réussissait à capter cette aura de mystère qui habite chaque enfant et à la restituer, intacte, sur papier…

— C'est ce qui faisait de lui un artiste plus qu'un simple photographe ! conclut Louise.

Gabriela s'était levée à son tour. Demeurée silencieuse, elle observait Pierre à la dérobée et l'écoutait parler sans comprendre qu'il puisse tenir, avec tant de détachement, ce genre de propos après la lueur qu'elle avait vu brûler dans ses yeux lors de son arrivée.

Certes, Grégory Manchester était mort trois ans auparavant dans un terrible accident d'avion au-dessus du continent africain, mais il n'était pas le seul fantôme à hanter cette soirée…

Son regard se posa sur Lucas et le cœur de la jeune femme se serra.

*

*   *

— Alors, tu suis, l'ami ? T'es bien servi ? demanda Gwenaël.

— Je monte d'un point, confirma Daniel en lançant un jeton sur le tapis.

— Qu'est-ce qu'il peut bien avoir en main ? se demanda à voix haute l'inspecteur Plagnes.

— Monte et tu verras bien… déclara Daniel. Tu te dégonfles ? ajouta-t-il avec un sourire narquois sur les lèvres.

— OK, je te suis.

— Carré de huit, annonça Delage.

— Quelle chance il a ! maugréa Gwenaël. J'avais quand même un brelan, ragea-t-il en jetant ses cartes sur la table.

Daniel ramassa les gains et redisposa les jetons gagnés devant lui.

— J'parie qu'il a encore triché... lâcha Philippe Jéhanno en secouant la tête.

— Franchement, se défendit Daniel, si tu connais quelqu'un qui ne triche jamais au poker, faut me le présenter !

Le silence s'imposa dans la pièce envahie par la fumée des trop nombreuses cigarettes consumées au cours de la soirée. Il était approximativement une heure du matin et l'aube ne pointerait pas avant cinq bonnes heures.

Philippe avala une rasade du verre de whisky qui se trouvait devant lui. Il rassembla les cartes entre elles, coupa le paquet ainsi constitué et le tendit à Isabelle Allio.

Daniel observa la jeune femme avec surprise. Il était si rare de voir une femme jouer au poker et, qui plus est, manier les cartes avec une telle dextérité qu'il en était admiratif.

Isabelle était standardiste au poste de police. C'était elle qui annonçait aux policiers en service les nouvelles qui lui parvenaient. Allant de la simple infraction au terrible accident, de l'agression au viol, la jeune femme distillait sans relâche à travers la radio les compléments d'informations et les renseignements que réclamaient ou attendaient ses collègues.

Pourtant, ce soir, elle avait troqué son micro contre une casquette de toile noire qui retenait ses longs cheveux bruns et s'adonnait aux plaisirs du jeu.

— Très bien, cette fois c'est du sérieux ! dit-elle. C'est la plus forte carte qui donne et, à partir de maintenant, la paire bat le brelan !

Avec des gestes d'expert, elle fit voler les cartes sur le tapis sans qu'aucune ne se retourna. Chacun des joueurs s'apprêtait à examiner la donne lorsque le téléphone sonna.

— Pourquoi avoir balancé le standard sur ce poste ? maugréa Philippe.

— Parce qu'autrement vous n'auriez été que trois pour ce poker ! répliqua Isabelle sans sourciller. David m'a demandé de le remplacer au dernier moment… Avec toutes ses gardes de nuit, il y a de la houle entre sa copine et lui !

Elle se leva et se dirigea vers l'appareil qui répétait sa plainte avec régularité et acharnement.

La conversation fut brève et le visage de la standardiste changea d'expression, passant de la surprise au soulagement, avant qu'un voile de crainte ne se peignît sur ses traits.

Elle revint enfin vers ses trois compagnons et leur annonça la nouvelle. Son regard se posa tour à tour sur Gwenaël et Philippe, puis s'attarda sur Daniel.

— Ophélie est sortie du coma, lâcha-t-elle d'une voix grave.

Le silence s'installa.

— Ophélie ? hasarda Daniel.

— C'est notre enquête… répondit Gwen au bout d'un moment.

— Une camée qu'on a ramassée dans la rue. La gamine était complètement shootée. Ça fait une semaine qu'elle est dans le coma, continua Philippe.

— Tout le monde pensait qu'elle y resterait, répliqua Isabelle.

— Gabriela m'en a parlé, dit Daniel, pas plus tard que ce matin après la découverte du cadavre de Kheli.

Le silence se prolongea.

— Faut qu'on y aille ! lança Plagnes. T'as gagné ta soirée, Delage… ajouta-t-il en regardant l'amas de billets qui s'entassaient devant l'inspecteur.

— Le boulot n'attend pas, reprit Philippe. Notre enquête va peut-être avancer un peu plus… Tu nous accompagnes ? demanda-t-il à l'encontre de Daniel.

— Si ça ne vous dérange pas.

Les trois hommes se levèrent et, deux minutes plus tard, ils enfourchaient leurs BMW.

— Prends ça, fit Gwenaël en tendant un casque blanc à Daniel.

L'inspecteur s'exécuta et monta derrière son collègue. Les moteurs vrombirent et les engins prirent la direction du centre médical de Bodélio.

*
* *

— Il dort debout, remarqua Louise.

— Oui, il est fatigué de sa journée… confirma Alexis.

Elle prit son fils dans ses bras et suivit son hôte qui la précédait dans la chambre d'amis.

Pierre et Gabriela restèrent en tête à tête dans le salon. Ils ne s'étaient pas encore réellement adressé la parole.

Tout au long du dîner, ils avaient échangé des banalités par l'intermédiaire de Louise et Alexis.

A présent qu'ils étaient seuls, Gabriela sentait le regard de son ex-mari posé sur elle et son malaise grandissait.

— J'ai appelé au commissariat ce soir, commença Pierre.

— Ah…

— Tu as un nouveau collègue ?

— Oui.

— C'est récent ? Tu ne m'en as pas parlé.

— Ça date d'hier… dit-elle d'une voix tendue.

— On s'est vus hier et tu ne m'as rien dit !

— Tu aurais aimé ?

Le regard de Pierre se fit plus froid. La jeune femme vit les muscles de son visage se contracter, ce qui ne laissait rien présager de bon.

Elle regretta ses paroles.

— Il vient de Grenoble, ajouta-t-elle dans l'espoir de réchauffer l'atmosphère. Il s'appelle Daniel…

— Delage, coupa Pierre. Oui, je sais.

Décidément, la mauvaise humeur de Pierre à son égard était tenace. Gabriela chercha le moyen de l'amadouer puis, brusquement, sa colère prit le dessus.

— A quoi rime cette scène ? Pourquoi ces reproches ? Je n'ai plus aucun compte à te rendre ! C'est toi qui as demandé le divorce, moi je…

Elle s'interrompit.

Ses lèvres tremblèrent légèrement et elle secoua la tête en signe d'incompréhension.

— Pourquoi es-tu toujours si… possessif ? demanda-t-elle enfin.

Louise et Alexis choisirent cet instant pour réapparaître.

— Il s'est endormi comme une masse, confia Alexis dans un sourire.

— Lucas est un enfant adorable, renchérit Louise.

Une sonnerie téléphonique carillonna au loin. Pierre et Alexis échangèrent un regard de surprise.

— C'est mon portable, informa Gabriela.

Elle l'extirpa de son sac et sortit dans le couloir.

Lorsqu'elle revint, elle avait déjà enfilé sa veste et s'approcha de Louise.

— Je dois y aller, Lou. Je suis désolée.

— Désolée… singea Pierre. Tu retournes jouer à la guéguerre, tu n'en as pas marre ? demanda-t-il avec cynisme.

— Un jeu ? C'est toujours ton opinion ? Finalement, on a bien fait de divorcer ! répliqua-t-elle avec froideur.

— Oui, on a bien fait ! C'est la seule chose positive et durable qui soit jamais ressortie de ce mariage !

— C'est à Julien que tu penses, n'est-ce pas ?

— Laisse Julien en dehors de ça ! Ça n'a rien à voir… dit Pierre.

— Non, car c'est la clef de tout justement !

— Tais-toi, Gab ! Tais-toi… Tout ça, c'est de ta faute… acheva-t-il d'un ton lourd et rauque qui laissa son ex-femme sans voix.

— Tu es injuste, Pierre ! protesta Louise.

Il y eut un break, une trêve…

— Je dois partir, dit Gabriela. Je dois partir, répéta-t-elle comme un automate. Dan a besoin de moi…

— Dan… Tu le connais depuis deux jours et tu l'appelles déjà Dan, remarqua Pierre.

A ces mots, la jeune femme sentit son cœur se tordre. Elle respira profondément et tenta de se recomposer une expression avant de répondre :

— Qu'est-ce que tu veux, mon chéri, le partenariat c'est comme un vieux couple !

— Évidemment…

L'inspecteur n'ajouta rien. Elle sourit tristement à ses deux amies.

— Je suis vraiment désolée pour cette scène, confia-t-elle à Louise alors que celle-ci la raccompagnait jusqu'à la porte.

*

*   *

Dès qu'elle franchit le seuil du grand bâtiment strict, l'odeur forte et caractéristique du milieu hospitalier la prit à la gorge. Gabriela réprima une grimace de dégoût. Cette odeur représentait tout ce qu'elle détestait et réveillait en elle, ce soir-là, des souvenirs douloureux.

Au bout du couloir, Daniel l'attendait. Il la détailla avec le désagréable sentiment d'une jalousie naissante. La jeune femme était superbe et la robe qu'elle portait moulait ses formes exquises comme une seconde peau. Sa veste trois-quarts en cuir brun s'harmonisait au sac de soirée qu'elle tenait à la main et ses hauts talons noirs ajoutaient au tableau un voile de sophistication discrète.

Aucun homme n'aurait résisté au charme qui émanait d'elle… Et c'était pour son ex-mari que Gabriela avait sorti le grand jeu ! Le diable emporte cet ex-mari arrivé de nulle part ! pensa Daniel.

— Vous en avez mis du temps ! observa-t-il d'une voix plus rude qu'il ne l'aurait souhaité. Comment était votre soirée ?

Devant son silence, Daniel demanda à nouveau :

— Vous dîniez bien avec votre ex ?

— De quoi vous mêlez-vous ? Est-ce un interrogatoire, inspecteur Delage ? demanda la jeune femme avec véhémence.

— Quelle mouche vous pique ? Ce n'est pas de ma faute si ça s'est passé comme ça !

— Qui vous l'a dit ? interrogea-t-elle en l'empoignant par le bras.

— Je n'sais pas… Moi, je parlais d'Ophélie ; j'ai cru bon de vous prévenir, mais j'aurais peut-être dû m'abstenir ! À quoi pensiez-vous que je faisais allusion ? demanda-t-il plus calmement.

Le regard de la jeune femme se troubla. Lentement, elle relâcha son étreinte et tourna la tête.

— C'est sans importance… lâcha-t-elle. Nous y allons ?

Les deux inspecteurs n'échangèrent que très peu de mots jusqu'à la chambre d'Ophélie.

Gabriela aurait souhaité être ailleurs. Loin. Très loin…

VIII

Sans vraiment regarder la ville perdue dans la nuit, sombre et nuageuse, Catherine restait assise devant la vitre de sa chambre. Son attention fut cependant retenue par un chat qui, faiblement éclairé par les réverbères de la rue, contournait soigneusement chaque flaque d'eau formée par l'averse de l'après-midi.

De là où elle était, la jeune fille bénéficiait d'un point de vue sans pareil. C'était l'avantage que conféraient les chambres du rez-de-chaussée.

Malgré l'interdiction en vigueur notée dans le règlement du foyer, Catherine écoutait un vieux baladeur, échangé dans la rue contre le dernier album des Beatles et ramené en douce au sein de l'établissement. La musique emportait la jeune fille loin de cette chambre et de ce lieu qu'elle maudissait plus que toute autre chose…

Do, si, do… do, si, do… les premières notes d'Élisa s'égrenèrent dans les écouteurs et la voix de Serge Gainsbourg plongea l'auditrice dans un profond désarroi. Que faisait Chris à cette heure-ci ?

Où était-elle ? Avec tous ces cinglés qui couraient les rues, qui pouvait dire si elle était toujours en vie ?

Le souvenir de leur dernière bataille de polochons lui revint en mémoire. Le doux visage de son amie sembla se dessiner sur la vitre.

« Elle est si fragile... », pensa Catherine. « Qui la protégera à présent ? » La jeune fille se rappelait comment, à la manière d'une grande sœur lui redonnant confiance en la vie, elle consolait Christina lorsque Le Colonel s'en prenait à elle.

Catherine ferma les yeux afin de se laisser emporter par la mélodie. Quand elle les rouvrit, son regard accrocha une timide étoile que le ciel, entre deux nuages, dévoilait enfin. Derrière elle, Hélène grogna dans son sommeil lorsque la porte de la chambre s'ouvrit. Un rayon de lumière trancha la courtepointe grise du lit. Toujours perdue dans sa musique et ses pensées, Catherine ne remarqua pas la présence de l'intruse.

Une main se posa sur son épaule et la tira en arrière avec force. La surprise fit tomber la jeune fille de la petite table sur laquelle elle était assise en tailleur.

Aussitôt la musique se tut.

Deux regards s'affrontèrent avec violence.

— Je t'y prends à violer le règlement, petite roulure ! pesta madame Lagrange en l'attrapant par le bras sans ménagement.

Catherine ne put retenir une grimace de douleur. Le sourire cynique qui étira les lèvres pincées de la tortionnaire n'échappa aucunement à la jeune fille.

— Ça vous plaît, Colonel, de cogner sur nous, n'est-ce pas ? Ça...

Catherine n'acheva pas sa phrase. La main droite de madame Lagrange venait de s'abattre sur sa joue, lui explosant la pommette gauche. La douleur intense qui irradia aussitôt son visage ne stoppa en rien le verbiage de l'adolescente.

— Vous vous sentez mieux ? demanda-t-elle avec défi. C'est vrai que, depuis le départ de Chris, cela n'a pas dû être facile d'assouvir vos pulsions !

— C'est à cause de toi qu'elle m'a quittée ! Si tu ne lui avais pas tourné la tête avec tes histoires de liberté et de détermination, elle serait toujours là. Tina me comprenait, elle ! Elle était affectueuse et gentille…

— Dites plutôt que vous lui faisiez tellement peur qu'elle n'osait pas protester à toutes les saloperies que vous lui imposiez ! lâcha Catherine.

— J'ai toujours été gentille avec Tina, protesta Le Colonel.

— Gentille, oui… un peu trop parfois ! Et bien sûr, personne n'est au courant de votre penchant pour les jeunes orphelines en détresse ? Lesbienne, ça fait tache sur un curriculum vitae !

Une fois encore, madame Lagrange leva la main mais Catherine détourna le coup. Avec souplesse, la jeune fille plongea sous la table toute proche. Surprise et gênée par la pénombre qui régnait dans la pièce, madame Lagrange n'eut pas le temps de bloquer l'adolescente qui profita de l'incertitude de son adversaire pour jaillir de sa cachette. Au passage, Catherine saisit les jambes du Colonel qui bascula en arrière avec cri et fracas. Le temps d'empoigner son sac à dos qui traînait sur le sol, d'ouvrir la fenêtre et la jeune fille bondit dehors.

La lumière s'alluma et Hélène, les yeux bouffis par le sommeil, ne put retenir un éclat de rire en voyant le visage furibond du Colonel.

Dehors, à l'insu de tous, une ombre traversa le parc de La Caserne et rejoignit bientôt la rue.

*

* *

À leur arrivée dans la chambre, les deux inspecteurs retrouvèrent Philippe et Gwenaël qui, en compagnie du médecin, entouraient Ophélie.

Deux pochettes de sérum pendaient au portant métallique de la perfusion d'où partait un fin tuyau en plastique souple qui rejoignait l'aiguille plantée dans l'avant-bras de la jeune fille.

Près du lit, plusieurs moniteurs étaient branchés et reliés à la jeune alitée à l'aide de pastilles circulaires directement appliquées sur sa peau blanche. L'un des engins indiquait toutes sortes de chiffres complexes sur ses quatre écrans d'affichage à cristaux liquides rouges, alors que le second, placé en dessous du premier, dessinait inlassablement une parabole verte aux courbes régulières et rassurantes près de laquelle s'affichaient les battements du cœur. Avec la même application que le tracé de la courbe, l'engin égrenait, comme une chanson d'espoir monotone, le bip caractéristique du bon fonctionnement de l'organisme.

L'inspecteur Michel regardait ce corps allongé rattaché aux machines par tout cet amas de fils.

— Ophélie... commença le docteur Durand, comment te sens-tu ?

En entendant son nom, la jeune fille ouvrit lentement les yeux. À leur vue, Daniel pensa que, si sa mère avait été présente, elle n'aurait pas manqué de dire : « Cette petite n'a pas les yeux en face des trous... » Et c'était vrai ! On pouvait lire sans difficulté sur le visage de l'adolescente tous les tourments qu'elle avait endurés les jours précédents.

— J'en veux... articula-t-elle faiblement. Donnez-m'en...

Il sembla à l'assistance que l'adolescente concentrait alors toute son énergie. D'un geste gauche, elle agrippa la ceinture du pantalon du praticien et supplia :

— Je ferai tout ce que vous voudrez, mais il faut que j'en prenne...

Les cinq adultes restèrent interdits. Le médecin actionna la sonnette d'appel et une infirmière apparut.

Sur l'ordre du docteur Durand, elle fit une injection à Ophélie qui sembla se calmer instantanément.

— Cela va la rendre un peu KO mais je ne peux rien faire d'autre pour elle tant que nous ne saurons pas exactement ce qu'elle avait l'habitude de prendre… confia le médecin.

— Peut-on l'interroger ? demanda Philippe Jehanno.

Devant l'insistance du policier, le docteur Durand acquiesça.

— Ne la fatiguez pas. Et je vous accorde seulement dix minutes !

Il sortit de la chambre.

Gwenaël se tourna vers Gabriela et Daniel.

— C'est notre enquête. Si vous voulez bien attendre dans le couloir.

Les deux partenaires échangèrent un regard de surprise.

— Mais Plagnes, qu'est-ce qui te prend ? demanda Daniel.

— Cette toxico est sous notre responsabilité et j'assure ses droits. C'est tout, répondit Gwenaël.

— Cette gamine a sûrement un lien avec la mort de Kheli, commença Gabriela. Ce qu'elle va dire peut nous être utile pour coincer le coupable !

— Ce n'est pas notre problème, Gaby, intervint Philippe. Pour l'instant, il s'agit de notre enquête. Gwen vous a gentiment demandé de quitter la pièce alors vous sortez !

— Mais c'est aberrant ! s'énerva la jeune femme. Qu'est-ce que ça peut bien changer ? Ce n'est…

— Allons, venez Gabriela. Ça ne sert à rien d'insister, s'interposa Daniel.

— Vous, je ne vous ai rien demandé ! s'emporta-t-elle. Alors cessez de jouer les protecteurs… ça m'exaspère !

D'un geste brusque, elle se libéra de Daniel qui avait les deux mains sur ses épaules.

— Je reviendrai tout à l'heure, ajouta la jeune femme à l'attention de Plagnes et Jehanno. Et ne croyez pas m'empêcher de l'interroger ! conclut-elle avant de quitter la chambre.

Un long silence s'imposa.

— Tu devrais apprendre les bonnes manières à ta poulette, Delage… lâcha Gwenaël.

— Ouais, et t'en prendrais de la graine, coco !

— Écoute-moi bien, ringard, annonça Plagnes. Ce n'est pas la peine de jouer les caïds avec nous. On sait pourquoi tu es là.

Si cette dernière phrase troubla Daniel, il n'en laissa cependant rien paraître.

— Le jeu, c'est plus qu'un simple passe-temps pour toi.

L'accusé s'apprêtait à protester mais Philippe ne lui en laissa pas le temps.

— On a nos sources à Grenoble, alors baisse le rideau ! Le fric que tu grilles sur les tapis, on sait tous les trois d'où il vient. Tu as la réputation de fermer les yeux sur certains trafics et tu t'en mets plein les poches… continua-t-il. Alors, un petit conseil : tu fais ce qu'on te dit, quand on te le dit, et chacun y trouve son compte.

— En premier lieu, tu neutralises Michel. Empêche-la de venir fouiner ici. On s'est bien fait comprendre ?

Daniel resta muet face à ses collègues.

— Ça ne va pas être évident, fit-il remarquer après un temps.

— À toi de te débrouiller. On ne voudrait pas être obligés de faire le travail à ta place… ou de dénoncer tes petites magouilles à l'IGS* commenta Gwenaël.

Daniel nota aussitôt la menace sous-entendue par l'inspecteur Plagnes.

Finalement ils seraient plus coriaces qu'il ne se l'était imaginé…

*

*   *

— La noire en trois bandes, annonça Émilio.

Avec minutie, il prépara son coup, ajusta son tir et, lorsque la queue vint frapper la boule noire, celle-ci alla cogner trois fois dans les différents rebords avant de disparaître dans le trou opposé.

L'assistance applaudit. L'adversaire déposa sur le revêtement vert les deux billets de cent euros misés sur la partie.

---

*I.G.S. : Inspection Générale des Services.

Émilio les ramassa et s'éloigna du billard pour rejoindre la table où l'attendait Shorty.

Ce dernier jouait distraitement avec sa casquette tandis qu'il tirait une bouffée de sa cigarette à moitié consumée.

— Allez, je te paye un verre, annonça Émilio.

— C'est cool !

Deux minutes plus tard, deux verres de gin furent déposés sur la table rectangulaire.

— Alors Émilio, tu ne t'es pas encore levé une petite pour cette nuit ?

— Arrête !

— Quoi ? Tu penses encore à elle ?

— Oui, admit le jeune homme avec mauvaise grâce.

— Mais c'était juste une fille comme les autres… poursuivit Shorty. Regarde autour de toi : tu n'as que l'embarras du choix ! Là, la blonde accoudée au bar. Et là-bas, celle qui vient d'entrer…

— Tu as raison après tout, Marie ne vaut pas la peine que je vive en reclus ! renchérit Émilio.

Il se leva et se dirigea vers la jeune fille qui venait de pousser la porte du Biz'Ness Café.

— Je peux t'offrir un verre ? lui demanda-t-il à brûle-pourpoint.

— Pourquoi pas… répondit Catherine.

*

* *

Lorsqu'elle ouvrit les yeux, elle eut l'impression étrange de découvrir le monde comme après une longue absence…

Au souvenir désagréable du cauchemar qui la réveillait, Christina frissonna. Elle écouta d'une oreille distraite le bruit, à présent familier, de l'eau qui frappait contre la coque d'un bateau. Machinalement, elle frotta ses poignets meurtris…

Meurtris…

Une sourde angoisse envahit la jeune fille. Elle examina d'un œil incrédule les larges traces circulaires qui marquaient sa peau rougie par un quelconque frottement.

Alors, son cauchemar lui revint en mémoire. Et si finalement ce n'avait pas été le produit de son imagination ? Dans l'esprit de Christina, tout reprenait forme et chaque pièce du puzzle retrouvait sa place parmi ses compagnes.

Un goût de bile la prit à la gorge. Un sentiment de peur encore plus profond s'insinua en elle, alors que ses souvenirs se faisaient plus précis.

Les marques rouges provenaient des menottes avec lesquelles on l'avait entravée la nuit dernière. Ou était-ce la précédente ?

Cette incertitude la troubla. À vrai dire, la jeune fille avait les idées embrouillées. Elle perdait ses repères temporels. Depuis quand était-elle sur ce bateau ? Combien de fois s'était-elle retrouvée dans cet atelier glacial où on la forçait à tourner ces obscénités ?

Ce fut à cet instant-là que des éclats de voix lui parvinrent. Ludovic et Hubert discutaient dans la cabine voisine.

— On a frôlé la catastrophe ! s'énervait Ludovic.

— Je sais Vic… Elle n'a pas les mêmes réactions qu'Ophélie, répliquait Hubert de sa voix fluette, cherchant à faire amende honorable. Je n'arrive pas à contrôler les effets de ma drogue sur elle !

La drogue… Mais oui, cette drogue était la clef de tout ! pensa Christina. Il fallait qu'elle s'en méfiât, mais comment ? Hubert et Ludovic ne lui demandaient pas son avis avant de la lui injecter.

Le cerveau de Christina était en effervescence.

— J'ai une prise pour Marie, ce soir, continuait Ludovic. Fais en sorte qu'elle soit en forme !

— Oui, Vic…

Fuir. Il fallait fuir de cette cabine et de ce bateau. Christina se précipita vers la poignée de la porte, mais cette dernière était verrouillée… Elle entendit alors le pas d'Hubert résonner sur le plancher de la coursive. Comme elle s'y attendait, le bruit de la clef dans la serrure ne tarda pas. Il ne fallut que deux secondes à la jeune fille pour prendre sa décision et se dissimuler derrière la porte que déjà son tortionnaire entrouvrait. Dans un éclair, la porte se referma sur Hubert.

La surprise fut totale et l'homme partit à la renverse. Christina l'enjamba et rejoignit bientôt l'escalier qui menait au pont. Dehors, elle serait libre et crierait sa joie ! Mais à l'extérieur, c'est un hurlement désespéré qui étrangla sa gorge quand elle se retrouva nez à nez avec Ludovic.

— Marie ? C'est gentil de venir faire un brin de causette avec moi... lui dit-il d'un ton ironique.

Avant qu'elle ne puisse réagir, il lui fit faire volte-face, lui retournant le bras sans ménagement jusqu'à l'omoplate. La jeune fille grimaça de douleur et, tandis que son agresseur la faisait redescendre l'escalier, elle leva les yeux au ciel comme pour implorer l'aide de la voûte céleste qui, indifférente, éparpillait une à une ses lumières stellaires sur sa robe de nuit.

— N'éveille pas l'attention... et un petit conseil : n'essaie plus de t'échapper !

La voix de Ludovic était lourde contre son oreille. Christina sentit son souffle effleurer son visage et eut un mouvement de recul. Ludovic resserra cependant son étreinte et ce fut le tableau qui s'offrit à Hubert lorsqu'il apparut au bout du couloir, le nez en sang.

— La petite garce... elle m'a pété le nez ! rugit-il d'une voix nasillarde.

— Tu ne vas pas en mourir ! Tu étais censé la surveiller, non ? J'ai rêvé ? Tu es un incapable ! lui asséna Ludovic.

Le regard d'Hubert vibra étrangement suite au discours, puis s'éclaira d'une lueur haineuse quand il accrocha celui de Christina.

« Tout cela à cause d'elle ! Après la prise de ce soir, je lui ferai une petite injection... et ce sera la dernière ! » pensa Hubert.

*

* *

Il était dix heures vingt lorsque Daniel vit apparaître Gabriela dans l'encadrement de la porte.

— Désolée, je ne me suis pas réveillée.

— La nuit a été longue et riche en émotions pour tout le monde, répondit-il. Et puis, le mercredi, on sait bien qu'il n'y a pas d'école !

— Je vous demande pardon ? fit Gabriela avec perplexité.

— Oui, aujourd'hui vous n'avez pas eu à vous lever pour conduire votre fils à l'école, expliqua-t-il avec un signe de tête en direction du cadre vert qui trônait toujours sur le bureau de la jeune femme.

Face au silence de sa collègue, il décida de changer de sujet. « Elle n'aime pas l'humour au réveil », nota-t-il mentalement pour le jour où il la tiendrait dans ses bras au petit matin d'une nuit de folie.

— Liliane vous fait dire que l'enterrement de Kheli aura lieu cet après-midi à 16 heures, au cimetière du Carnel.

Ce fut à nouveau le silence qui répondit à Daniel.

— Avez-vous vu David, ce matin ? demanda-t-il sur le ton de la conversation.

— Oui. Vous aussi, vous trouvez qu'il a l'air préoccupé, n'est-ce pas ?

— C'est ce qu'en effet j'ai cru discerner en arrivant, répliqua Daniel.

— J'ai voulu lui en parler, mais il était au téléphone et je n'avais pas le temps d'attendre. A-t-on des nouvelles d'Ophélie ? ajouta Gabriela.

— Plagnes et Jehanno ne veulent rien dire. Ils ont mis un garde en faction devant la porte pour filtrer les visites… Il est bien entendu que nous nous trouvons tous les deux sur la liste des personna non grata !

— Un garde ? Je vais en parler à Jo ! explosa la jeune femme.

Elle ne prit pas le temps de rejoindre son bureau et s'apprêtait à quitter la pièce lorsqu'une furie brune fit irruption.

— Gaby, enfin je te trouve ! Tu n'as pas répondu à mon fax !

« Charmant accent britannique ! », pensa Daniel.

— Lou, je viens d'arriver, s'excusa l'inspecteur Michel.

La publiciste jeta un coup d'œil sur l'homme qui se tenait à leurs côtés avant de regarder à nouveau son amie.

— Louise Overstone, Daniel Delage, présenta Gabriela.

— Pretty*…

Puis Louise s'approcha de Daniel, le prit par la main et l'emmena jusqu'à la porte.

— Sorry** Daniel, mais je dois parler à Gaby.

---

*Pretty : mignon.
**Sorry : désolée.

Et elle referma la porte.

— Ça va durer encore longtemps votre petite guerre ? demanda la jeune anglaise en se tournant vers Gabriela.

— Lou, tu n'es tout de même pas venu pour me parler de Pierre ? Pas ici ?

— Il t'aime encore, c'est pour cela qu'il est *distante* avec toi.

— Drôle de façon de me montrer ses sentiments, dit Gabriela.

— C'est parce qu'il refuse de l'admettre ! C'est une attitude qu'il se donne !

— Et je ne la supporte plus ! J'en ai marre d'être la vilaine sorcière qui a tous les torts et est la cause de tous les maux ! Tu crois que je n'ai pas souffert, moi aussi ? Que je ne donnerais pas n'importe quoi pour réparer et faire que rien ne se soit passé ? Jamais…

Elle se tut, détourna la tête un instant puis, fixant à nouveau Louise, poursuivit :

— Ça fait mal, tu sais… Il n'y a pas une heure qui ne s'écoule sans que j'y pense…

Les yeux de Gabriela étaient brillants. Louise se précipita vers elle et la prit dans ses bras.

— It's quite impossible to us to forget it*… commenta Louise.

---

*It's quite impossible to us to forget it ! : Nous ne pourrons jamais l'oublier !

A cet instant, de petits coups résonnèrent contre la porte.

D'un geste rapide, Gabriela s'assura que rien ne laissait deviner son désarroi.

— Oui, accueillit-elle d'un timbre un peu hésitant.

— Excusez-moi de vous déranger, commença Daniel, mais une autre fille a disparu de La Caserne, acheva-t-il en regardant sa collaboratrice.

— Que dites-vous ? reprit Gabriela.

— Elle s'est enfuie cette nuit.

— Cette nuit ! Et ils ne nous préviennent que maintenant !

— Mesdames Bellamy et Lagrange pensaient qu'elle serait présente à ses cours ce matin, mais le lycée est formel : aucune trace de Catherine.

— C'est Catherine ?

Daniel acquiesça en silence et Louise en profita pour s'esquiver.

— Je vous laisse travailler, dit-elle.

Elle embrassa son amie.

— Alexis part pour Paris cet après-midi. Elle doit passer aux Ambassadeurs avant de rejoindre Londres. Lucas veut te dire au revoir, termina-t-elle dans un sourire.

— C'est vraiment un enfant adorable... Très bien, j'essayerai de les voir avant leur départ, répliqua Gabriela.

— Daniel, renchérit Louise en lui tendant la main, ce fut *un* joie de vous rencontrer.

— C'est un sentiment réciproque, je vous assure, et il ne tient qu'à vous de me connaître davantage, répondit ce dernier d'un ton mielleux.

Louise opina de la tête, puis quitta les deux inspecteurs.

Après son départ, le temps sembla s'accélérer. Au foyer, Madame Bellamy accueillit les deux policiers avec un malaise évident. Madame Lagrange, quant à elle, se déclara trop bouleversée pour pouvoir répondre à leurs questions. Daniel, furieux, menaça de la convoquer au commissariat, mais Gabriela l'en dissuada : ce serait une pure perte de temps, déjà deux jeunes filles étaient en cavale, mieux valait concentrer leurs efforts sur les recherches plutôt que de discuter avec “un mur” !

Sur le chemin du retour, Gabriela restait pensive. Si seulement elle avait eu les contacts de Kheli, leur enquête ne piétinerait pas de la sorte !

— Et les disquettes de votre informateur ? lâcha soudain Daniel, comme s'il lisait dans ses pensées.

— C'est vrai ! Nous n'avons pas eu le temps de nous y replonger... Nous devons trouver le moyen de percer ce code ! tempêta-t-elle.

— Un jeu d'enfant... plaisanta Daniel en repensant aux heures passées à chercher le mot de passe.

— Je dois me rendre à l'hôpital, reprit Gabriela. Ophélie est peut-être la clef de tout.

— Ce n'est pas une bonne idée, répliqua Daniel. Et puis vous ne serez pas autorisée à la voir.

— Il me faut la liste…

— Quelle liste ?

— Celle du garde. Vous ne connaissez pas encore tout le monde, et réciproquement… Il vous sera donc plus aisé de vous faufiler ! renchérit-elle avec malice.

— Je ne sais pas si Plagnes et Jehanno apprécieront.

— Mais dans quel camps êtes-vous, à la fin ? ragea la jeune femme.

« Si j'arrive à persuader Gabriela que je suis en accord avec Gwenaël et Philippe, cela me laissera plus de liberté pour agir et ainsi comprendre la réelle motivation de ces deux pourris… » pensa Daniel.

— J'essaye juste de vous faire comprendre qu'Ophélie n'est qu'une simple paumée, et que de là à croire qu'elle ait un lien avec la mort de Kheli, c'est une hypothèse que je ne cautionnerai pas… ajouta-t-il.

— Je ne crois pas qu'il y ait un lien entre ces deux affaires : je sais qu'il y en a un !

Un lourd silence s'installa et ils n'échangèrent plus un mot jusqu'au commissariat.

— M'accompagnerez-vous à l'enterrement ? demanda Gabriela en sortant de la 205.

— Oui, bien sûr. A moins que cela ne vous pose un problème…

— Non… s'empressa-t-elle de contredire. Au contraire, j'aurai… je crois… besoin de vous savoir à mes côtés. Merci Dan…

Elle gravit les marches du bâtiment avec souplesse, laissant derrière elle un coéquipier plus que troublé par cette soudaine fragilité qu'elle lui laissait entrevoir pour la troisième fois.

*

* *

Lucas engouffra la dernière bouchée de sa pizza alors que sa mère commandait au serveur deux expresso. La bouche encore inondée de sauce tomate, le jeune garçon tourna son visage vers Gabriela.

— Quand je serai grand et que je serai marié avec Louise, je viendrai manger ici tous les jours, déclara-t-il avec sérieux.

Gabriela sourit et regarda Alexis qui levait les yeux au plafond en grimaçant.

— Carl n'a qu'à bien se tenir. S'il délaisse sa femme, Louise a déjà un remplaçant tout trouvé, commenta l'inspecteur.

Alexis acquiesça en secouant la chevelure de son fils avec tendresse.

— Viendras-tu nous voir à Londres ? demanda-t-elle à Gabriela. Depuis le temps que tu nous le promets !

— Oh, dis oui, Gaby ! S'il te plaît… implora Lucas.

— Je crois que je ne peux que m'incliner devant l'invitation de la mère et du fils, répondit-elle.

Le serveur apporta les cafés et déposa sur la table une petite coupelle remplie de chocolats et de morceaux de sucre.

Les deux jeunes femmes discutèrent encore un moment, puis le téléphone portable de Gabriela retentit.

Elle dut prendre congé de son amie. Elle embrassa Lucas qui la vit partir à regret et quitta La Sardegna. Peu de temps après, Alexis donna le signe du départ à son fils et ils sortirent à leur tour du restaurant.

De l'autre côté de la rue, sur la place qui entourait la petite église toute proche, plusieurs pigeons picoraient les miettes que les passants avaient laissé tomber tout en dégustant leurs sandwiches.

Lucas se précipita pour les rejoindre, sans même prêter attention à la Twingo qui arrivait.

— Attention Lucas ! cria sa mère.

Elle le retint par le bras et le tira vers elle. Dans sa précipitation, Alexis ne remarqua pas l'homme qui s'était arrêté derrière elle, et le bouscula.

— Je suis désolée, s'excusa-t-elle.

— Ce n'est rien, assura-t-il d'une voix rauque à l'accent dont la jeune femme ne parvint pas à définir l'origine.

L'homme était plus grand qu'elle et tenait une canne en thuya au large pommeau. Il portait de sombres lunettes de soleil qui s'affaissèrent légèrement sur son nez lorsqu'en lui prenant la main, il lui sourit amicalement.

La jeune femme aperçut le début d'une cicatrice qui scindait le sourcil droit.

— Dis Monsieur, tu lui veux quoi à ma maman ? demanda soudain Lucas, spectateur jusque-là silencieux de la scène.

L'homme regarda l'enfant dont les yeux noirs furibonds étaient rivés sur lui.

— Rien du tout, bonhomme.

Il reporta son attention sur la mère, et ajouta :

— Vous avez là un bien joli petit samouraï...

— Je... je vous remercie... répondit-elle un peu troublée par cette dernière remarque.

Sans plus attendre, l'homme s'éloigna lentement en s'appuyant sur sa canne.

IX

— Tu vois, Delage, nous aussi, nous avons nos petites combines ! lâcha Gwenaël en voyant s'approcher la Twingo rose à l'autre bout du quai.

Daniel suivit son regard. Cette voiture n'avait rien de ce à quoi il s'attendait. Si Francis Ford Coppola avait tourné la scène, c'est une limousine noire et brillante qui serait apparue… Il paraissait absurde que le cerveau de ce trafic de drogue se déplace en voiture de midinette des PTT qui va à la plage ! Pourtant, les faits étaient là et le policier allait enfin rencontrer le dirigeant de cette opération. Il sentait son adrénaline s'emballer et, à présent qu'il était sur place, rien d'autre ne comptait que sa mission. Les scrupules ressentis un peu plus tôt à l'égard de Gabriela étaient déjà loin… ou presque.

*

* *

Après le déjeuner, les deux policiers s'étaient remis à la recherche du code qui verrouillait l'accès des dossiers informatiques de Kheli.

Posté derrière elle, Daniel regardait, les uns après

les autres, les mots de passe qu'inscrivait Gabriela. Ils proposaient tout ce qui leur venait à l'esprit, sans succès.

Puis le téléphone avait sonné. Un appel de l'extérieur sur la ligne de l'inspecteur Delage. En entendant la voix de Philippe Jehano à l'autre bout du fil, Daniel avait compris que son emploi du temps de l'après-midi serait modifié…

— Rendez-vous à 16 heures au port de pêche.

— Mais…

— Tu n'as pas vraiment le choix ! avait répliqué Philippe en raccrochant.

Évidemment, il avait fallu mentir à Gabriela.

— Oh… vous ne viendrez pas à l'enterrement alors… avait-elle répondu d'une voix blanche.

— Écoutez, Gabriela, je suis désolé, mais c'est l'anniversaire de ma vieille tante… Elle n'a pas de famille et je suis comme un fils pour elle. Je ne peux pas laisser passer cette journée sans lui envoyer une carte. Et puis, si vous aviez entendu ma mère au téléphone, vous sauriez que je n'ai pas le choix : il faut vraiment que j'aille à la poste.

— Je comprends…

Et, comme pour clore le sujet, elle avait tapé un nouveau mot sur le clavier de son ordinateur.

« Accès Refusé ! », mais elle s'en doutait déjà.

*

*   *

La Twingo stoppa son moteur et la portière s'ouvrit. Sous les yeux de Gwenaël, Philippe et Daniel, un homme grand et maigre en sortit. Il leur sembla plutôt qu'il se dépliait, tant sa stature contrastait d'avec la taille de son véhicule.

Daniel détailla l'homme qui venait d'arriver. Il ne cadrait pas du tout avec le stéréotype du chef de gang. Il portait une chemise légère jaune paille qui s'aplatissait ou se gonflait au gré du vent. Son pantalon de velours blanc moulait ses jambes et ses fesses.

« Qu'est-ce que c'est que cette marionnette ? », pensa Daniel. « La dernière égérie de Jean-Paul Gaultier ? » Le policier continua de détailler le nouveau venu. Le visage arborait des traits fins et délicats. La peau était parfaitement poudrée ; les sourcils, épilés… Seul, le sparadrap qui recouvrait l'arête du nez détonnait dans le style gravure de mode qu'affichait l'individu !

Il paraissait impensable qu'un tel pantin tire lui-même les ficelles de toute l'organisation.

— C'est lui ? demanda le nouveau venu d'une voix aiguë.

— C'est lui… confirma Philippe.

Daniel resta silencieux, son regard se rétrécit et il toisa froidement le grand échalas.

Il crut voir briller dans ses prunelles une flamme d'excitation perverse qui le mit mal à l'aise, sans pour autant lui faire baisser les yeux.

Ils étaient comme deux guerriers qui se jaugent

avant le combat. Impossible de dire qui allait s'engager le premier.

Gwenaël tendit à son chef une chemise cartonnée. La marionnette s'en saisit et consulta rapidement les feuillets soigneusement rangés.

— Parfait... Très bien, le convoi partira donc vendredi. Comme prévu ! commenta-t-il.

Il referma la chemise et avait à peine esquissé un geste que l'inspecteur Plagnes avait déjà la main ouverte pour l'en débarrasser.

Quel homme pouvait inspirer une telle dévotion à un individu comme Plagnes ? pensa Daniel. Le pantin devait sans doute être beaucoup plus dangereux qu'il n'y paraissait.

*

*   *

Catherine s'étira lentement, tout à son plaisir de sentir ses muscles se détendre. Pudiquement, elle remonta le drap de satin crème sur sa peau nue et se mit à fixer le plafond de la chambre.

Elle se rappelait la surprise avec laquelle elle avait découvert l'appartement d'Émilio. Comment un jeune homme comme lui, sans situation apparente, pouvait-il vivre dans un tel luxe ?

Il n'avait pas parlé de ses parents et avait laissé entendre que ses affaires ne monopolisaient pas la totalité de son emploi du temps.

Le bruit de la douche ramena la jeune fille à la réalité. Par automatisme, Catherine regarda l'heure qu'affichait l'écran à cristaux liquides de la chaîne stéréo : 16 heures 10.

Mon Dieu que le temps passait vite. Où avait-elle la tête ? Sa fugue de La Caserne ne durerait pas toujours et il fallait mettre à profit chaque minute pour retrouver Chris !

Elle s'en voulut d'avoir perdu sa journée au lit avec Émilio… Aussi agréable fût-elle ! Elle ne put cependant réprimer le demi-sourire qui étira ses lèvres à l'évocation dudit souvenir.

Muée par une soudaine énergie, elle sortit de dessous les draps et se précipita vers son sac à dos. La petite poche centrale ouverte, elle en retira son portefeuille.

« Je suis sûre d'en avoir une ! Voilà ! »

Elle leva triomphalement la main qui tenait l'objet de ses recherches : une photo.

Son visage devint mélancolique et ses yeux se fanèrent lorsqu'ils croisèrent ceux de la jeune fille représentée à ses côtés sur papier glacé. Christina souriait aux anges, Catherine l'imitait, gaies et insouciantes comme deux sœurs.

— Qu'est-ce que c'est ?

La voix d'Émilio fit sursauter Catherine. Elle lâcha la photo qu'il s'empressa de ramasser.

— Qu'est-ce que c'est ? réitéra-t-il plus violemment.

— …La photo d'une amie, répondit Catherine en l'observant bizarrement. Elle a disparu… Je suis à sa recherche.

Le visage d'Émilio se transformait à mesure qu'il détaillait le cliché.

— Tu l'as déjà vue ? demanda Catherine.

— Peut-être… Quel est son nom ?

— Christina Delambre.

— Alors ce n'est pas elle…

Et il lui rendit la photo et s'éloigna. Catherine resta à genoux sur la moquette moutarde et suivit le jeune homme des yeux. Il se posta devant la large glace qui mangeait la moitié du meuble-penderie et commença à coiffer ses cheveux humides.

— A qui t-a-t-elle fait penser ? demanda-t-elle.

— A Marie, une fille que j'ai rencontrée lundi soir.

— J'aurais dû me douter que les filles, avec toi, elles ne font que passer ! pesta Catherine.

Elle se leva, ramassa ses vêtements éparpillés dans la pièce et se dirigea vers la salle de bain contiguë. Mais la voix du jeune homme l'arrêta.

— C'est vrai que je ne m'attache pas aux filles avec qui je couche, je suis désolé… Mais Marie, je la croyais différente. J'aurais tout fait pour elle, mais elle est partie !

— Dis plutôt que tu t'en es débarrassé !

— Non ! plaida-t-il en se tournant vers elle. Depuis lundi je ne pense qu'à elle… Marie, ce n'était pas une fille ordinaire…

— Chris non plus n'est pas comme tout le monde. Elle a cette sorte d'aura qui pousse les gens à vouloir entrer en contact avec elle. Mais parfois, ça se retourne contre elle ! termina Catherine en fermant les yeux.

Le visage du Colonel s'esquissa dans sa mémoire, et la jeune fille secoua la tête comme pour l'en évacuer le plus vite possible.

— Vous semblez très proches toutes les deux, continua Émilio.

— Nous n'avons jamais connu nos parents. La seule maison qui nous est familière, c'est La Caserne…

En entendant ce nom, Émilio ouvrit des yeux ronds. Jamais il n'aurait imaginé que Catherine était orpheline. Comme si la jeune fille lisait dans ses pensées, elle corrigea son dernier propos.

— Les parents de Chris sont morts alors qu'elle n'avait que cinq ans… En ce qui me concerne, c'est un peu différent : on m'a abandonnée, bébé, devant l'église Sainte-Anne d'Arvor, termina-t-elle en fixant un point imaginaire droit devant.

Émilio la prit dans ses bras et elle s'y blottit sans mot dire.

— C'est fou ce que ton amie ressemble à Marie… reprit le jeune homme au bout d'un moment.

Catherine s'écarta alors de lui, les yeux hagards, comme si elle venait de recevoir un coup de poing dans l'estomac… ou comprenait enfin une trop flagrante évidence.

— Marie… répéta-t-elle d'une voix sans timbre. Tu as dit qu'elle s'appelait Marie et qu'elle ressemblait à Christina…

— Comme une jumelle, pourquoi ?

— L'amour courcircuite tes neurones ou tu fais exprès ? Christina et Marie, c'est la même personne !

À présent, Catherine virevoltait dans la pièce et ne tenait plus en place.

— On doit la retrouver ! déclara-t-elle.

— Mais comment ? demanda Émilio.

— Tu connais tout le monde dans ce bled, ça ne va pas être trop compliqué ! Et puis, on a une photo !

*
* *

La voiture dépassa la large grille verte à barreaux métalliques et avança doucement sur l'allée goudronnée qui descendait entre deux rangées d'arbres jusqu'au bas du cimetière du Carnel.

Derrière l'automobile suivait le cortège, sombre et accablé.

La cérémonie avait été sobre et discrète. Le cercueil avait été scellé en considération de l'état du corps et une photo avait été placée sur le couvercle. Au premier rang se tenaient Liliane et les proches parents de Kheli.

Plus loin, les amis et les connaissances occupaient cinq ou six rangées supplémentaires.

À mesure qu'elle marchait à pas lents au milieu du cortège funèbre, Gabriela sentait son cœur s'oppresser. Elle était seule. Pourquoi Dan avait-il changé d'avis ? Il s'était inventé une excuse futile... Quel était ce secret qui l'avait poussé à lui mentir et à la laisser tomber quand elle avait besoin de lui ?

« Dire que je commençais à penser que nous aurions pu être amis... Jamais ! C'est fini ! Je n'aime pas qu'on se moque de moi ! » pensa-t-elle. Certes, elle savait que sa fierté était encore mal placée, mais tant pis... Après tout, elle avait toujours su se débrouiller seule ! « Presque toujours... » corrigea-t-elle mentalement en laissant errer son regard vers l'allée perpendiculaire qu'elle dépassait et les larmes lui brûlèrent les yeux.

Dans le ciel au-dessus, un oiseau lança une trille plaintive, comme pour apporter son soutien à l'assistance. Mais personne n'y prêta attention.

Lorsque le cercueil commença à disparaître en terre, Liliane eut un soubresaut et le frère de Kheli, qui ne l'avait pas quittée depuis le début de la cérémonie, resserra aussitôt son étreinte autour des fragiles épaules.

Après la bénédiction du corps, les amis prirent congé. La famille resta encore autour de la fosse pour une ultime prière.

*

*   *

Lorsque Daniel gara sa voiture en face du cimetière, il vit une dizaine de personnes en sortir. Gabriela n'était pas parmi elles. Était-elle déjà partie ou s'attardait-elle aux côtés de Liliane ?

Il passa la grille et, à la vue des gens suivant un chemin inverse au sien, le policier ne tarda pas à repérer la nouvelle tombe.

Un rapide coup d'œil lui indiqua que sa collègue n'était plus dans l'entourage de Liliane. « Je l'ai manquée ! », se dit-il. « Quel manque de veine... » Il tourna les talons et remonta la pente goudronnée. Au hasard, il lut les différents noms gravés sur quelques pierres, admira certaines compositions florales, s'attarda sur cette jolie jeune femme en tailleur gris, agenouillée devant la tombe qui faisait l'angle de la contre-allée opposée.

Cette femme...

Lorsqu'elle secoua la tête en arrière pour faire pivoter la mèche de cheveux châtains qui tombait sur ses yeux, Daniel n'eut plus aucun doute quant à son identité. Il ne lui connaissait pas ce tailleur, mais ne pouvait nier qu'il mettait ses formes en valeur. Ses jambes surtout...

Il la regarda se redresser, essuyer ses yeux sans doute humides et se diriger vers l'autre allée. De toute évidence, la jeune femme n'avait pas remarqué Daniel et ce fut sans lui prêter la moindre attention qu'elle quitta le cimetière.

La curiosité naturelle de Daniel ne résista pas à

l'envie de savoir pour qui la jeune femme avait versé ces larmes.

À mesure qu'il avançait, il comprit qu'il se trouvait dans la section des enfants. Arrivé à son but, sa crainte se confirma. Il lut le nom inscrit sur le marbre rose, Julien Michel, 1989-1992, et reconnut la photo placée sur le tombeau. La même que celle qui trônait sur le bureau de Gabriela, enfermée dans le fameux cadre vert…

Pourquoi ne le lui avait-elle pas dit ? Combien de fois avait-il fait allusion à la photo sur son bureau, à son rôle de mère qu'elle négligeait ? Jusqu'à ce matin encore, où il avait plaisanté sur le motif de son retard ! Quel imbécile ! Il avait cru qu'elle manquait d'humour… L'idiot ! Depuis le début, il faisait fausse route… et elle, elle était restée murée dans son silence, sa douleur… solitaire…

Le policier quitta le cimetière du Carnel, toujours perdu dans ses réflexions. Il se rappelait foule de petits détails qui, imbriqués les uns aux autres, prenaient tout leur sens. Ce décès avait sûrement modifié le comportement de la jeune femme.

Il se souvint alors du coup de téléphone du père de Gabriela le jour où le corps de Kheli avait été retrouvé. La voix monocorde avec laquelle elle lui avait expliqué la signification du mot "chat" dans le langage du médecin légiste ! Chat… chat… « Bon sang ! s'écria Daniel. Mais bien sûr, c'est ce qu'a voulu me dire Yves lundi matin ! La Mère Michel qui a perdu son chat… Il m'a dit de ne pas plaisanter à ce sujet, que cette histoire avait bousillé la vie de Gabriela. Comment ai-je pu être aveugle à ce point ? »

C'était également pour cela qu'elle voulait qu'il l'accompagne cet après-midi. Si elle lui avait expliqué, il aurait… non, il n'aurait pas changé ses projets. Cela aurait compromis sa mission.

Sa mission. Le temps jouait contre lui. Vendredi soir, la Route des Épices serait à nouveau ouverte et il n'avait pas réellement avancé.

La silhouette de l'Hôtel de Police se découvrit au tournant suivant. Daniel devait directement rendre compte de son entrevue à Jo Robic. Il en profiterait pour demander au commissaire les circonstances de la mort de Julien. Robic semblait être un ami de la famille, il pourrait certainement lui éviter de faire d'autres erreurs auprès de Gabriela.

Il gravit prestement les trois marches du hall, nota au passage l'absence de David à la réception et s'engouffra dans la cage d'escalier qui menait à l'étage et donc au poste de commandement.

D'un geste assuré, il frappa contre la vitre de verre opaque où s'alignait le nom du commissaire en lettres dorées.

Un grognement provenant de l'autre côté de la porte l'invita à entrer.

— C'est vous, Delage ? commença Robic. Entrez et fermez derrière vous, ajouta-t-il d'un ton bourru.

L'inspecteur obtempéra et, en deux mots, résuma

à son supérieur la totalité des informations qu'il avait rassemblées durant les trois derniers jours.

— Plagnes et Jehanno... Je n'arrive pas à croire qu'il s'agisse d'eux... soupira le commissaire.

Il se frotta le menton tout en secouant la tête, visiblement ébranlé par la nouvelle.

— Évidemment, je me doutais qu'il y avait des planches pourries sur ce navire mais, au fond de moi, j'espérais que la coque n'était pas en si mauvais état... poursuivit-il avec ses métaphores habituelles.

— Je suis désolé de devoir vous le confirmer, Jo, mais depuis l'entrevue de cet après-midi, il n'y a plus aucun doute qui subsiste, quant à moi. Je vais concentrer mes recherches sur Gwen... Au départ, je l'imaginais mieux organisé que Jehanno, mais à présent je suis sûr que Philippe ne garde rien qui pourrait le compromettre... Plagnes est sûrement négligent.

Il resta silencieux un moment, puis ajouta d'une voix rauque :

— À quoi bon saisir de la drogue prohibée pour que des pourris arnaquent le système et la refilent en douce sur New York ! Je trouverai les preuves qui me manquent et je coincerai ce réseau !

Joseph Robic restait prostré. Pour la première fois de sa vie, il ne savait plus à quelle étoile se fier.

— Je peux vous poser une question personnelle ? demanda soudain Daniel.

— Allez-y, vous verrez bien si je réponds, répliqua Jo en souriant légèrement.

— C'est assez délicat… Je suis passé au cimetière du Carnel ce soir, pour retrouver Gabriela après l'enterrement de son informateur. Je l'ai vue devant une autre tombe : celle de Julien…

Le commissaire pâlit à l'évocation du prénom et ses traits s'affaissèrent.

— Qu'est-ce qui s'est passé ? demanda Daniel. Depuis que je suis ici, j'ai dû la blesser involontairement en lui en parlant… J'aimerais savoir ce qu'il en est juste pour ne pas la faire souffrir inutilement.

Robic resta silencieux. Puis il se leva et alla se poster devant la fenêtre. De là où il était, il voyait les bateaux accostés aux pontons du bassin à Flot.

— Je devrais laisser Gaby vous en parler elle-même, mais je ne pense pas qu'elle le fasse. Ce n'est pas qu'elle ne veuille pas vous en parler, c'est qu'elle ne peut pas le faire. Elle s'est bâti une armure depuis ce jour-là, c'est ce qui la rend si imprévisible dans ses réactions.

Il stoppa et réfléchit à la manière dont il allait aborder son récit.

— Depuis sa sortie de l'école de police, Gaby a toujours eu la réputation d'avoir un sang-froid à toute épreuve. Je ne l'ai jamais vue faillir, sauf cette fois-là. Elle reprochait à Pierre – c'est son mari…

— Je sais, je l'ai eu au téléphone, répliqua Daniel.

— Elle lui reprochait d'être trop souvent absent à cause de son travail. Lui, trouvait le métier de sa femme trop dangereux. À plusieurs reprises, il lui a demandé de démissionner mais elle ne l'a jamais accepté. Enfin bref, ce samedi-là, Pierre était absent. Gaby est allée à la pharmacie et Julien était avec elle. Au moment où ils s'apprêtaient à sortir, un junkie est entré. Il était en manque et voulait de quoi planer. Il a brandi un revolver sous le nez du pharmacien. Gaby a voulu le calmer, mais le drogué l'a repoussée et lui a pris son portefeuille des mains. C'est là qu'il a vu sa carte de police… et le drame a suivi.

Jo fit une pause, se passa la main dans les cheveux et se retourna vers l'inspecteur. Ce dernier nota un léger tremblement dans sa voix lorsqu'il reprit son monologue :

— Le junkie s'en est pris à Gabriela, la traitant de flicarde en jupon et l'injuriant. Elle a tenté de le maîtriser, mais c'était peine perdue d'après le pharmacien. Il a témoigné devant la cour que le toxicomane avait alors pointé son arme sur Julien et demandé : « C'est ton poussin ? »

*

— C'est ton poussin ? demanda le jeune drogué de plus en plus nerveux.

— Laissez mon fils en dehors de tout ça ! Je suis là pour vous aider, répondit Gabriela.

Un rire rauque s'échappa de la gorge de l'homme. Ses yeux devenaient fous.

— On ne t'a jamais dit qu'un flic, c'est comme la mauvaise herbe… Si tu ne fais pas attention, elle se reproduit et tu ne peux plus t'en débarrasser. Moi, j'ai toujours mis un point d'honneur à exterminer les mauvaises herbes. Les flics, ça doit pas faire de mômes !

La détonation déchira le silence qui régnait dans la pharmacie. Gabriela entendit une femme crier… Ce n'était pas un cri, mais un hurlement, une déchirure… une agonie. Il lui fallut quelques secondes pour comprendre qu'il s'agissait de sa propre voix…

Julien regarda sa mère. Le grand type avait tiré, il avait entendu le bruit et Maman avait crié. Elle ne bougeait plus maintenant, comme paralysée. Elle avait les yeux rivés sur lui, la bouche ouverte, comme si Samantha l'avait figée d'un simple claquement de doigt.

Samantha, c'était Ma sorcière bien-aimée, et il aimait bien regar… regarder Sam… Samantha à la… télé… vi…

Julien s'affaissa lentement contre le comptoir, avec une infinie douceur, tel un pantin dont on aurait coupé, un à un, les fils qui le maintenaient debout.

Sur son polo blanc, la tache rouge s'agrandissait toujours plus.

Gabriela se pencha sur son fils. Elle était médusée et regardait sans comprendre son petit garçon couché sur le sol, une balle de 357 Magnum en pleine poitrine.

Ce qui se passa par la suite, la jeune femme n'en eut jamais de souvenirs distincts.

À l'audience, le pharmacien allait déclarer que deux hommes étaient entrés après avoir entendu le coup de feu, qu'ils avaient désarmé sans aucun mal le junkie dépassé par les événements et appelé une ambulance…

*

— Lorsque Pierre a appris la mort de son fils, continua Jo, il a été anéanti. Il a accusé Gaby d'en être responsable : si elle l'avait écouté et démissionné, si elle n'avait pas été flic, le junkie n'aurait pas tiré ! C'était sa façon à lui de surmonter sa douleur… Gaby a répondu que, si lui n'avait pas été en déplacement, Julien serait resté à la maison sous sa garde… J'étais présent, je peux vous dire que c'était effroyable !

Daniel s'était assis. Il ne releva pas la tête lorsque Robic se tut. Il avait l'impression d'entendre le résumé d'un livre à trois sous misant sur le sensationnel pour être vendu.

— Pourquoi ne m'en a-t-elle pas parlé ?

— Vous savez, Delage, Gaby n'aime pas montrer ses faiblesses. Je crois qu'inconsciemment, elle pense que Pierre a raison et elle se sent responsable du drame.

— C'est absurde !

— Oui, mais c'est ainsi… termina le commissaire.

Daniel quitta la pièce. Il était plus de 19 heures 30, Gwenaël Plagnes avait dû quitter la brigade maintenant. Il fallait en profiter pour fouiller un peu dans son bureau, ses rapports et ses notes.

Il passa d'abord par son propre bureau. Gabriela n'était pas là et son ordinateur était débranché. Le regard de Daniel tomba évidemment sur le cadre vert, mais il observa le petit garçon de manière différente. Il ressemblait à sa mère et à ces petits garçons pleins de vie qui ne tiennent pas en place…

L'inspecteur Delage ressortit de la pièce. Il se dirigea vers le bureau de Jehanno et de Plagnes et traversa le hall désert.

« Robic a enfin changé les horaires de Tonnerre ! Il va pouvoir passer une soirée en amoureux… » pensa Daniel.

Arrêté devant la machine à café, Thomas Démézet se battait avec une pièce de deux euros que l'engin refusait d'accepter.

— Tom, demanda Daniel, sais-tu si Gabriela compte repasser ce soir ?

— Quel jour est-on ?

— Mercredi, pourquoi ?

— Dans ce cas, elle est au cinéma… Tu ne la verras pas avant demain matin, termina Thomas.

Daniel opina du chef.

— Tu remplaces David ? demanda-t-il encore.

— Non, répondit le jeune policier avec surprise. Il est toujours de garde… Mais tu as raison, il n'est pas à son poste. Je vais voir où il est, avant que le capitaine ne s'en aperçoive !

Thomas abandonna la machine et disparut vers les vestiaires. La route ainsi dégagée, Daniel s'engouffra dans le bureau que Gwen partageait avec Philippe.

Pendant dix minutes, Daniel fouilla les papiers éparpillés sur le bureau de Gwen, rangés dans ses tiroirs, archivés dans le classeur, sans succès. Puis, ses yeux accrochèrent un vieil imperméable pendu au portemanteau.

« Ne rêve pas, mon Dan… Ce n'est pas là que tu trouveras de quoi les coincer ! »

Cependant, il se dirigea vers le vêtement. Sans trop y croire, il tâtonna dans les poches en biais et en ressortit un agenda. 1995…

« Qu'est-ce que je disais ! »

Puis soudain, une boule se forma dans sa gorge. Ses mains se mirent à trembler, mues par une étrange excitation.

En 1995, le trafic avait déjà commencé. Il avait fallu plusieurs mois à l'IGS pour s'en rendre compte mais, à présent, toutes les personnes concernées en étaient persuadées.

Peut-être y avait-il des rendez-vous, des contacts, des noms…

Du couloir, Daniel entendit Thomas crier. Que se passait-il ?

Avec précipitation, Daniel sortit du bureau. En même temps, Robic descendait l'escalier du premier étage.

La porte menant au vestiaire s'ouvrit à la volée. Thomas Démézet était dans tous ses états.

— Commissaire ! Commissaire !

— Que se passe-t-il, Démézet ? demanda Robic.

— C'est… C'est David, Commissaire ! Il est… Il est mort…

X

Les coups qui résonnaient contre sa porte d'entrée la sortirent de son sommeil.

Gabriela jeta un coup d'œil rapide au radioréveil et se leva de son canapé-lit en maugréant que ce n'était pas une heure pour déranger les gens.

— Gabriela ! Gabriela ! Vous êtes là ? répétait la voix étouffée de Daniel.

La femme ouvrit d'un geste brusque la porte. Face à elle, son collègue semblait dans tous ses états.

— Delage ? Qu'est-ce qui vous prend de venir ici à cette heure ? Comment avez-vous su où j'hab…

Elle resta interdite tant elle lisait de désarroi dans les yeux de l'inspecteur.

— Dan, que s'est-il passé ? demanda-t-elle.

Le ton de sa voix l'effraya encore davantage.

Daniel la saisit par les épaules et, sans la quitter du regard, lui annonça avec tout le tact possible la mort de David Tonnerre.

Gabriela porta la main à sa bouche alors qu'un gémissement se brisait dans sa gorge. Ses yeux s'agrandirent de manière démesurée.

Devant son immobilité, Daniel la serra dans ses

bras, entra dans le petit appartement et referma la porte d'entrée sur le palier désormais désert.

La jeune femme indiqua la cuisine d'un simple signe de tête et ils s'y dirigèrent.

David s'était suicidé.

Les deux inspecteurs repassèrent les événements de la journée écoulée. Il leur avait bien semblé préoccupé ce matin, mais de là à imaginer un tel drame… Si seulement ils avaient eu le temps, pris le temps de discuter avec lui. S'ils avaient oublié, juste l'instant d'un expresso au café du coin, leurs enquêtes… officielles et officieuses ! Si…

Peut-être alors David Tonnerre ne gonflerait-il pas le chiffre d'une banale statistique !

*

*   *

Samuel tournait et retournait l'enveloppe brune entre ses mains. Du bout des doigts, il effleura le nom du destinataire inscrit au marqueur noir : G. Michel…

Sans doute était-ce ce fameux flic avec qui Kheli était en relation. Samuel se remémora la dernière discussion qu'il avait eue avec son frère.

— J'ai un important rendez-vous dans quelques jours, avait dit Kheli. C'est mon assurance-vie, avait-il terminé en tendant le pli à Samuel. S'il m'arrive quoi que ce soit, remets ce courrier à l'inspecteur Michel et à personne d'autre !

Évidemment, Samuel avait souhaité en connaître davantage sur l'affaire, mais son frère avait été catégorique : moins tu en sauras, mieux tu t'en porteras ! avait-il répondu, mettant un terme à l'histoire.

Samuel avait enterré Kheli l'après-midi et ce n'est qu'au milieu de la nuit qu'il avait songé à cette lettre. Maintenant, il lui tardait de rencontrer ce mystérieux Michel et de tirer au clair les raisons de la mort de son frère.

*

* *

Émilio avançait à pas rapides sur les trottoirs de Lorient. Ce soir, il n'avait de temps à consacrer ni à ses parties de billard ni à ses deals occasionnels. Il laissait à ses revendeurs le soin de ravitailler les clients habituels.

A combien de personnes avaient-ils montré la photo de Christina ? Catherine n'aurait su répondre. Son espoir de retrouver son amie allait s'amenuisant mais Émilio ne l'entendait pas ainsi.

— Il faut persévérer, dit-il en regardant Catherine et Shorty.

Ses deux compagnons hochèrent la tête et tous trois entrèrent dans un nouveau bar. Les garçons furent accueillis comme des habitués et, alors qu'elle voyait Shorty s'approcher du comptoir et Émilio se diriger vers la salle de jeu, Catherine reprit courage quant à l'aboutissement de leur quête. Cependant, lorsqu'ils se retrouvèrent à nouveau dans la rue, ils étaient toujours bredouilles.

— Il faut peut-être nous séparer… suggéra Shorty.

— Tu as raison. Va de ton côté, je garde Cathy avec moi.

— C'est cool…

Et il tourna les talons.

Émilio le regarda s'éloigner avec un air songeur. Jamais il n'avait vu Shorty renoncer aussi facilement à passer le reste de la soirée avec une fille… Habituellement, il aurait fait grise mine et accepté rageusement un tel partage d'équipes ! Quelque chose clochait, Émilio en avait l'intime conviction.

Il tendit les clefs de son appartement à Catherine.

— Rentre. Je vais suivre Shorty, je sais qu'il me cache la vérité…

— Et nos recherches ? maugréa la jeune fille.

— Il peut y avoir un lien… Et si Shorty savait où est Mar… je veux dire Christina, et qu'il nous le cachait ? Tu y as pensé ?

— Qu'est-ce qui te permet de dire ça ?

— Ils étaient ensemble la dernière fois que j'ai vu Marie. Il m'a raconté une histoire qui ne tient pas debout : il est trop malin pour s'être fait rouler de la sorte ! Shorty n'est pas clair sur ce coup-là.

Les deux jeunes gens se séparèrent et prirent des chemins opposés.

Émilio ne tarda pas à repérer la casquette des

Lakers qui fendait la foule restreinte des noctambules. Il suivit son ami à distance et, lorsqu'il le vit trafiquer le moteur d'un scooter, il se dit qu'il devait lui aussi trouver rapidement un moyen de locomotion quelconque.

Peu de temps après, Shorty démarrait son engin. Émilio craignit de perdre sa trace jusqu'à ce qu'une Coccinelle se gare tout près de lui. Un étudiant en sortit et Émilio s'approcha.

— Excuse-moi… T'as du feu ? demanda-t-il au conducteur.

Ce dernier se retourna et prit de plein fouet le poing d'Émilio au visage. Il s'écroula.

— C'est juste un emprunt ! lança le voyou par la vitre baissée.

Le moteur retentit et la Coccinelle s'envola.

Bien vite, il rattrapa Shorty et le doubla, la meilleure façon de suivre quelqu'un sans éveiller son attention étant de le précéder…

C'est ainsi qu'ils se dirigèrent vers la sortie de la ville. Vers ce point précis où Lorient cède place à Plœmeur sans que l'étranger ne s'aperçoive d'un quelconque changement.

Le scooter avançait aussi rapidement que son moteur le lui permettait mais, plus avant, la Coccinelle, elle, ne risquait pas de franchir les limites de vitesse !

Émilio dépassa la pancarte de Kerledern et arriva bientôt au rond-point du parc de Soye reconnaissable à l'arbre majestueux qui s'élevait en son centre. À la sortie du rond-point, le jeune homme rétrograda car, à cet endroit, la route devenait plus dangereuse. En pente, serpentant entre les roches et les profonds fossés qui la bordaient, il n'était pas rare d'y croiser pompiers et gendarmes affairés auprès d'automobilistes malchanceux.

Cependant que la Coccinelle ralentissait encore, Émilio s'étonna de l'absence du phare du scooter dans ses rétroviseurs.

Il stoppa le véhicule à l'entrée du bourg et opéra un demi-tour pour rebrousser chemin. Shorty s'était-il arrêté ? Il n'y avait guère d'habitations par ici, quelques entreprises tout au plus…

Pourtant, il ne croisa personne. La seule possibilité était que Shorty soit passé par le parc.

Le parc était un endroit très verdoyant. La végétation, laissée à sa plus simple expression, abritait lapins, chouettes, rongeurs… Émilio se souvenait avoir flirté avec une de ses amies dans ces bois, quelques années plus tôt.

Aujourd'hui, de lourds bâtiments empiétaient sur la nature, la défigurant complètement.

Parmi eux, la première construction se démarquait de l'ensemble par sa forme originale évoquant celle d'un bateau…

L'architecte avait eu un point de vue très personnel quant à l'intégration au paysage.

Selon Émilio, c'est à proximité du bassin à flot ou

en bordure de la jetée de Lomener que cet édifice eût connu sa véritable dimension. Ici, il ressemblait à une épave abandonnée, laissée pour compte.

La Coccinelle poursuivit sa route dans l'espoir hypothétique de repérer le scooter de Shorty.

*

* *

Shorty cogna les trois coups convenus puis deux autres plus rapides contre la vitre opaque de l'atelier. La porte s'ouvrit alors sur Ludovic qui s'effaça pour laisser entrer le jeune homme. Avant de refermer, il jeta un coup d'œil vers la fenêtre éclairée à l'extrémité du premier étage. Ludovic n'était jamais tranquille de savoir que des tiers travaillaient encore à cette heure tardive. Cependant, ses clients outre-Atlantique réclamaient les films qu'ils avaient financés et le mot “patience” n'était pas dans leur vocabulaire.

— On a des ennuis, lâcha Shorty.

— Quel genre ?

— Une fille qui recherche Marie. D'ailleurs, elle ne s'appelle pas Marie mais Christina… Christina Delambre.

— Christina Delambre ? répéta la voix nasillarde de Hubert.

Les deux autres se retournèrent vers le nouveau venu. Celui-ci, tenant toujours la seringue dont il venait de vider le contenu dans l'avant-bras de leur captive, s'appuyait d'un air nonchalant à la cloison du petit réduit voisin.

— C'est ennuyeux, reprit-il. Les flics sont à sa recherche.

— Les flics ? Comment le sais-tu ? s'enquit Ludovic.

— Je le sais, c'est tout ! lui répondit Hubert avec une assurance qui ne lui était pas commune.

Un moment, le silence s'installa dans l'atelier ; Les trois hommes s'interrogeaient du regard pour savoir quelle attitude adopter face à la situation.

— De toutes façons, les dernières prises sont pour ce soir. Après, on la largue à l'autre bout du pays et, le temps qu'elle réapparaisse ici, on aura mis les voiles ! lança Ludovic.

— Je ne sais pas si…

Mais Shorty ne termina pas sa phrase et son regard se figea à l'instant même où Christina arrivait en titubant dans la pièce.

Elle portait un déshabillé de dentelle blanche très suggestif. De magnifiques bas de même couleur montaient le long de ses jambes fines et galbées, pour se fixer sur le porte-jarretelles. Ses cheveux, relevés sur sa nuque en une coiffure savamment étudiée, avaient des reflets d'or lorsque le spotlight les accrochait. Un maquillage sobre mais recherché la rendait plus belle que jamais. Adorable ensorceleuse…

Le jeune homme sentit le désir monter en lui lorsque les lèvres rouge cerise s'étirèrent soudain et qu'un rire presqu'enfantin, allant crescendo, s'envola vers le ciel.

Ludovic et Hubert s'approchèrent d'elle. Christina se jeta de l'un à l'autre, toujours souriante. Elle semblait ivre. Ses gestes se faisaient maladroits, ses jambes mal assurées. Elle battait des bras avec mollesse, les yeux semi-clos.

— Marie, qu'est-ce qui t'arrive ? demanda Ludovic.

Mais la jeune fille rit de plus belle. D'une main elle caressa la joue droite de Ludovic, puis s'attarda sur son torse et continua de descendre. Elle ne connaissait plus aucune inhibition.

Hubert, que ce manège rongeait, la força à faire volte-face, ce qui ne sembla pas déranger Christina outre mesure.

— C'est moi qui t'ai fait ça, Hub ? articula-t-elle avec un sourire niais en effleurant le sparadrap du doigt.

Sans attendre la réponse, elle se haussa sur la pointe des pieds et plaqua un baiser sonore sur la joue de Hubert tout en murmurant un « pardonne-moi » langoureux.

Quelle répugnance ! Sentir ce corps de femme contre le sien, le souffle chaud de cette femelle sur sa peau fut plus que ne pouvait en supporter Hubert. Il la repoussa et elle s'effondra au sol comme une poupée de chiffon.

Tandis que Ludovic lançait un regard noir en

direction de son compagnon, Shorty se précipita vers Christina.

— Ça va ? demanda-t-il.

Christina le saisit par son col de chemise et le tira vers elle de sorte que leurs visages soient l'un en face de l'autre. Elle s'empara de sa bouche et l'embrassa avec violence. Sa main libre glissa sous l'étoffe et caressa la peau lisse de son compagnon qui se laissait faire, abasourdi par ce soudain changement d'attitude. La jeune fille resserra son étreinte et, avec sa langue, se mit à jouer avec le lobe de l'oreille...

— J'en veux, j'en veux encore... murmura-t-elle. Demande à Hub de me donner encore de sa potion et je... je ferai tout ce que tu vou... voudras...

En entendant la requête, Shorty ouvrit des yeux démesurés cependant qu'il sentait Christina s'affaisser contre lui, sans connaissance.

Un lourd silence investit le lieu.

Shorty tenta de se relever. La tête de Christina roula de côté, comme si la vie avait quitté son corps.

— Elle est KO... dit Shorty en regardant les deux hommes restés immobiles.

— C'est impossible ! Comment fait-on pour les prises de ce soir ? explosa Hubert.

Ludovic se retourna vers lui et le gifla.

— Tu as encore trop forcé la dose ! T'es inconscient... ou jaloux ?

L'autre ne répondit pas. Indifférent aux remontrances, il s'en retourna vers la pièce du fond.

— Écoute, Ludo, assure-toi la prochaine fois que ton copain n'est pas sous l'influence de ses hormones et ne me fais pas déplacer pour rien ! déclara Shorty avec cynisme.

L'intéressé ne broncha pas, puis, saisissant le jeune homme par le col, il le plaqua contre le mur.

— Fais attention à ne pas m'énerver, Shorty ! Un mot de ma part à certaines personnes et c'est devant Saint Pierre que tu te montreras arrogant…

*

*   *

Gabriela était toujours absorbée à chercher le code d'accès de Kheli lorsque Daniel déposa devant elle un gobelet de café fumant.

— Merci Dan. Je suis à court d'idées, avoua-t-elle.

— Trouverons-nous jamais ce fameux mot de passe ?

Daniel réfléchissait à un quelconque autre moyen de retrouver Christina et Catherine.

Il repensa à la conviction de Gabriela, celle qu'elle avait avancée à leur retour de La Caserne, la veille.

À présent qu'il avait obtenu la date du prochain chargement d'épices, Daniel n'avait plus de raisons d'empêcher sa collègue d'interroger Ophélie.

— Peut-être Ophélie nous lancerait-elle sur une nouvelle piste ? hasarda-t-il.

— Attendez un peu ! Hier, vous étiez persuadé que je bâtissais des châteaux en Espagne et qu'il n'y avait aucun lien entre elle et la mort de Kheli.

— Effectivement, mais vous savez vous montrer persuasive… En y repensant, je me suis dit qu'on devait tenter notre chance !

« Bien sûr ! Et vous vous payez ma tête par-dessus le marché ! Mais à quel jeu jouez-vous, Delage ? », pensa Gabriela.

— Peu importe ! De toutes façons, comment l'interroger alors que Gwen et Philippe nous l'interdisent ?

— Voyons Gabriela, vous m'étonnez ! Vous qu'aucun mur n'arrive jamais à stopper, vous baissez les bras ! Cela ne vous ressemble guère… Si vous étiez dans un bon jour, vous auriez déjà remarqué que nous approchons de l'heure de changement de garde et profité de la pause-café que s'accorde chacune des équipes pour vous faufiler au chevet de la jeune fille.

— Beau scénario, Dan. Qu'attendons-nous pour courir à Bodelio ? renchérit l'inspecteur Michel.

Daniel saisissait déjà leurs manteaux quand la sonnerie du téléphone retentit. Il décrocha. La conversation fut courte, puis il reposa le combiné.

— Je suis désolé, mais je ne peux vous accompagner, s'excusa-t-il.

— Comment ?

— Je dois ramener une vidéo-cassette immédiatement au centre de location. Allez-y sans moi !

— Que me cachez-vous, Delage ? Hier vous vous éclipsez pour souhaiter l'anniversaire d'une vieille tante, aujourd'hui c'est une histoire grotesque de cassette vidéo à rendre, sinon quoi ? Vous devrez payer 3 euros 50 d'amende ? J'ai l'impression de travailler avec Superman ! ragea-t-elle.

— Pourquoi, vous voulez vous présenter pour le casting de Loïs Lane ?

— Allez au diable ! Je n'ai pas besoin de vous !

Elle lui arracha sa veste des mains et sortit du bureau en claquant la porte.

« Je déteste vous mentir, Gabriela, mais ai-je le choix ? » pensa Daniel Delage avant de sortir à son tour.

*

* *

Le plan de Dan était astucieux. Gabriela arriva dans le couloir juste quelques minutes avant le changement de garde. Lorsque les deux équipes se dirigèrent vers la machine à café de l'étage, la jeune femme se glissa à l'intérieur de la chambre.

— Ophélie. Ophélie… appela doucement Gabriela en s'approchant du lit blanc.

La jeune fille tourna la tête dans sa direction.

— Qui êtes-vous ? Que me voulez-vous ? Je n'ai rien dit à la police ! Je n'ai rien dit du tout ! Ne me faites pas de mal… dit-elle en se protégeant le visage de son avant-bras droit.

— Ne crains rien. Qui sont ces gens qui t'effrayent tant ? demanda Gabriela aussitôt.

La jeune fille tremblait de tous ses membres et l'inspecteur ne savait si elle devait imputer ces tremblements à la peur qu'elle lisait sur le visage d'Ophélie ou à son visible état de manque.

— Ils ont dit que, si je m'enfuyais pour trouver la police, ils reviendraient et me tueraient !

— Qui sont ces "ils" ?

— Personne…

— Je veux t'aider, Ophélie. J'imagine ce que tu as pu endurer…

— Si vous souhaitez m'aider, allez au bateau et demandez une dose à Hub… J'en ai besoin, vous comprenez… Il m'en faut encore ! Sa voix se cassa sur ces derniers mots.

« Comment peut-on réduire sciemment un être humain à une telle déchéance ? » pensa Gabriela. Les mots d'Ophélie se répétaient dans sa tête…

— C'est quoi le bateau ? demanda soudain l'inspecteur.

— Vous allez m'en chercher, c'est vrai ?

Gabriela acquiesça.

— Merci… Hub en garde toujours avec lui. Vous en trouverez soit à l'atelier où ils filment, soit au port de…

La porte s'ouvrit.

Gabriela se retourna d'un coup.

— Que faites-vous là ? s'enquit l'infirmière.

— Je suis de la police, répondit l'inspecteur en sortant sa carte. Je voulais lui poser quelques questions, j'ai fini.

— J'ai déjà dit aux autres inspecteurs de ne pas la fatiguer ! C'est incroyable !

— Je suis déjà partie, lança Gabriela en sortant de la chambre.

Dans le couloir, le policier en faction, appuyé contre le mur, discutait avec une aide-soignante plutôt jolie. Trop occupé par sa causette, il ne vit pas Gabriela sortir.

« C'est un coup de chance pour moi qu'il ne soit guère professionnel. La prochaine fois que j'aurai un témoin à protéger, je choisirai avec soin les agents de sécurité ! Et on s'étonne ensuite qu'il y ait tant de témoins qui disparaissent… » songea-t-elle en quittant l'hôpital.

*

*   *

Émilio tira une dernière bouffée sur sa cigarette avant de l'écraser dans le cendrier de cristal posé sur la table de nuit. Près de lui, Catherine bougea légèrement dans son sommeil. Il détailla son visage. Sa pommette gauche était encore un peu mauve du coup du Colonel. Ses paupières cillèrent puis ses yeux émeraude s'ouvrirent.

— Salut… dit-elle d'une voix lourde de sommeil.

— Salut. Bien dormi ?

— Merveilleusement !

— J'y retournerai ce soir, lâcha le jeune homme.

— Je t'accompagne, déclara-t-elle en se s'asseyant.

Il se leva et se dirigea vers la salle de bain.

— C'est absolument hors de question ! répondit-il en refermant la porte derrière lui.

*

* *

— Louise ! appela Daniel.

Mais, sur le trottoir d'en face, la jeune femme ne se retourna pas.

— Eh ! Louise ! réitéra-t-il sans plus de succès.

— Tu n'as aucune chance avec ce genre de fille, Delage… Elles ne s'intéressent pas aux ringards !

— Tu parles pour toi, là ? J'aime te savoir si conscient de ta propre réalité, Plagnes !

— La ferme ! s'énerva Gwen.

Il jeta un regard alentour pour s'assurer qu'aucune oreille indiscrète ne les espionnait.

— Il y a un chargement de prévu pour demain soir, commença-t-il. En aucun cas, la mère Michel ne doit venir y fourrer son nez… Ça a déjà été assez difficile de clouer le bec de son cousin et je n'aime pas avoir à faire deux fois le même boulot ! Si jamais votre enquête l'amène un peu trop près de la solution, liquide-la. C'est le dernier convoi et le chef ne veut pas d'ennuis. Tu n'en souhaites pas non plus, Delage, alors obéis aux ordres !

Ils continuèrent à marcher.

— C'est vous qui avez descendu Kheli ?

— C'était la seule issue : il en savait trop, il aurait pu parler. Ça n'a fait qu'un mort de plus dans l'entourage de Gaby. Elle est habituée depuis le temps… Et, depuis la mort de son fils, elle a un comportement suicidaire, on peut même dire qu'elle est incontrôlable de temps à autre. Si tu es amené à l'éliminer, tu rendras service à la nation.

— Je ne te suis pas…

— Les preuves sont de petites choses faciles à fabriquer. Tu es bien placé pour le savoir… poursuivit Gwen.

Devant la perplexité de son interlocuteur, Plagnes ajouta :

— Oh, tu n'es pas au courant ? Le tueur qui a abattu Kheli n'a pas utilisé de gants et l'arme est pleine d'empreintes… Ce sont celles de Michel ! Encore une flicarde pourrie qui a profité de son statut de policier pour arrondir ses fins de mois…

— Salaud !

Daniel envoya son poing dans la mâchoire de Gwenaël Plagnes. Ce dernier partit à la renverse. Sa main droite plongea aussitôt sous sa veste mais, réalisant soudain qu'ils étaient en pleine rue, l'inspecteur stoppa son geste. Daniel savait qu'il tenait son revolver. « Il a la gâchette facile », nota-t-il mentalement.

— Dis-moi, Delage, aurais-tu flashé sur notre célèbre iceberg ? Fais attention, même le Titanic n'a pas fait le poids face à ça !

— Tu sais ce que j'aime en toi ? Rien ! répliqua Daniel en s'éloignant.

— File droit, Delage ! Tu n'as pas les moyens de nous résister ! On a trop d'atouts dans nos manches !

*

*   *

Samuel entra dans le commissariat, serrant toujours l'enveloppe kraft dans les mains.

Il avança jusqu'au comptoir d'accueil où se trouvait Thomas Démézet.

— Je souhaiterais parler à l'inspecteur Michel, demanda Samuel.

— Vous aviez rendez-vous ?

— Non, mais c'est très important.

— Vous avez de la chance, elle vient de revenir. C'est par là, au bout du couloir, quatrième porte à gauche.

— Merci.

Samuel se dirigea vers cet entretien dont il espérait des éclaircissements sur la mort de son frère. Il cogna à la porte. Une voix masculine le pria d'entrer.

— Inspecteur Michel ? demanda-t-il.

— C'est la porte à côté, informa le policier avec un sourire.

— Pardonnez-moi, s'excusa Samuel en refermant la porte.

« Quel imbécile ! Je ne sais même plus compter jusqu'à quatre ! » C'était sa nervosité qui le rendait si tendu. Il s'approcha de la porte suivante et frappa à nouveau.

— Entrez, fit cette fois une voix de femme.

Il s'exécuta.

La pièce était peu spacieuse. Les deux bureaux semblaient prendre toute la place. Samuel s'avança vers la jeune femme qui se trouvait derrière le bureau du fond, près de la fenêtre.

— Bonjour, j'ai cette enveloppe à donner à l'inspecteur Michel, commença Samuel.

La femme se leva et tendit la main vers le pli.

— Non, je dois la remettre à l'inspecteur en personne, précisa-t-il.

— Mais je suis l'inspecteur Michel... Gabriela Michel... poursuivit-elle en indiquant le triangle métallique gravé à son nom placé sur l'avant du bureau.

— Excusez-moi, je ne m'attendais pas à...

— À une femme... Ce n'est pas grave.

— Je peux avoir le pli ? ajouta-t-elle en voyant que Samuel ne bougeait pas.

— ...Oui, bien sûr !

Il le lui tendit. Gabriela reconnut aussitôt l'écriture.

— Je suis le frère de...

— Kheli ! termina-t-elle pour lui.

Il opina.

— Il me l'avait confié en cas d'accident… Pourquoi a-t-il été tué ?

— J'espère que la réponse est là-dedans. Nous allons tout de suite le savoir… poursuivit-elle en décachetant l'enveloppe.

À l'intérieur se trouvaient des coupures de presse annotées, des photos et un mot manuscrit de Kheli.

« *Gaby,*

Si tu lis ces lignes, c'est que rien ne va plus pour moi et que nos investigations touchaient au but. J'ai l'impression cette fois d'être allé trop loin pour ma propre sécurité.

Bref, de toutes manières, c'est trop tard maintenant ! Les coupures de journaux t'aideront à finir le puzzle. J'ai toute une série de disquettes retraçant l'évolution de nos recherches, demande-les à Liliane Cependant, elles ne te seront pas d'un grand secours sans les codes d'accès. Aussi ai-je confié ce pli à Samuel.

Voici donc le premier mot de passe : YBAG, ensuite tu verras apparaître une seconde boîte de dialogue te demandant de confirmer le premier mot de passe. Logiquement, il faut retaper le mot, mais ce serait trop facile ! Appuie simultanément sur les touches "majuscule" et "contrôle", et entre quatre étoiles sur l'écran. C'est un petit programme à moi que j'ai inséré dans celui d'encryptage d'origine afin que les infos soient vraiment bien protégées ! Tout ce que je sais apparaîtra sur ton micro.

Voilà, je crois que notre collaboration touche à sa fin. J'ai adoré travailler avec toi et cette dernière enquête était de loin la plus complexe et la plus intéressante. Merci.

C'est étrange d'écrire ces mots. J'espère pour moi que, malgré tout, tu ne seras jamais amenée à les lire, même s'il y a longtemps que je ne crois plus au Père Noël !

Désolé de te laisser tomber de la sorte. Prends bien soin de toi.

Amitiés, Kheli.

PS : Dis à Lil que je l'aime… »

Gabriela replia la lettre et essuya les larmes qui inondaient ses yeux.

— Je vous remercie de m'avoir porté cette lettre, Samuel.

— Cela va-t-il vous aider pour votre enquête ?

— Oui, à présent j'ai les codes d'accès aux disquettes de Kheli. Je pense que très bientôt nous serons en mesure d'arrêter son meurtrier et de le présenter à la justice.

Samuel hocha la tête sans mot dire.

— Je vous tiendrai au courant des prochains développements de l'affaire, assura la jeune femme.

Il la remercia et prit congé.

Dès qu'il eut quitté son bureau, Gabriela entra le

mot de passe. Comme prévu, le programme demanda confirmation et elle exécuta la manipulation énoncée par Kheli dans son mot.

Enfin les mots si longtemps espérés s'affichèrent. "Accès Autorisé".

Elle détruisit alors la lettre. Personne n'avait besoin de connaître les codes. Surtout pas un Delage ! Et s'il voulait faire cavalier seul, elle en ferait autant !

*

*   *

— Je dois y aller, dit Shorty en revenant du point phone du Biz'Ness Café.

— Qu'est-ce qui passe ? demanda Émilio soupçonneux.

— Toujours la même chose, ma cliente cherche à nouveau une compagne pour ses petits jeux sexuels ! répondit-il avec un sourire malsain. Je connais une nana qu'aime prendre son pied avec ce genre d'expérience, il faut que j'aille la voir !

Shorty ajusta sa casquette sur le haut de son crâne et sortit du bar. Son ami le suivit du regard. Shorty disait-il la vérité ? Émilio décida de retourner à Soye et d'attendre pour voir si Shorty viendrait.

Lorsque, de derrière une haie, Émilio vit arriver Shorty au bas de la côte de Soye, il sut qu'il avait eu raison de se méfier. Il le vit redescendre de l'autre côté du bâtiment en forme de bateau et le suivit d'aussi près qu'il le pouvait sans pour autant attirer son attention. En bas, il y avait quelques voitures de garées, dont une ridicule Twingo rose bonbon. Bientôt, Shorty frappa contre une porte d'atelier. Il cogna trois coups, puis deux plus rapides. La porte s'ouvrit. À cet instant, une voix s'échappa de l'intérieur.

— Shorty… C'est gentil de venir nous voir…

Cette voix…

Émilio la connaissait, mais elle était différente de son souvenir. Plus amorphe et à la fois plus vive que d'habitude. Pourtant, il n'y avait aucun doute, c'était bien celle de Marie ! Le jeune homme sortit immédiatement de sa cachette et parvint à la porte de l'atelier avant que celle-ci ne se referme. Il entra.

XI

— Jo, je vous demande un mandat d'arrêt contre Isabelle Allio ! déclara Gabriela en entrant en trombe dans le bureau de son supérieur.

Joseph Robic leva des yeux ronds, délaissant le dossier posé sur son bureau.

— Vous pouvez répéter ça, mon petit ?

— J'ai enfin réussi à entrer dans les fichiers informatiques de Kheli. Ils contiennent la preuve irréfutable qu'Isa fait partie d'un réseau pédophile qui opère ici et aux États-Unis.

— Un réseau pédophile ? Encore ! Mais dans quel siècle vivons-nous ? soupira le commissaire. Y a-t-il un lien avec votre affaire en cours ? demanda-t-il d'une voix atone.

— Oui.

Robic désigna l'une des deux chaises placées devant son bureau.

— Expliquez-moi.

Gabriela reprit depuis le départ tout le cheminement que Kheli et elle avaient suivi depuis le 8 juin dernier, jour où l'on avait retrouvé errant dans les rues de Lorient, en état de manque évident, Géraldine

Dupin – quatorze ans – disparue le 4 mai précédent à la sortie de son école, à Vannes.

— Lors de sa déposition, elle a déclaré avoir été droguée dans le but d'être plus conciliante durant certains "tournages"… continuait Gabriela. Trois jours plus tard, ajouta-t-elle, Antoine Guegan déclare l'enlèvement de sa fille, Aude, à la sortie de l'école…

Elle fit une pause avant de reprendre :

— Leur manière d'opérer est toujours la même. Deux hommes en buggy noir. Ils se disent amis du père ou de la mère, prétextent un accident survenu aux deux parents et viennent chercher l'enfant pour le conduire auprès de la famille. Comment une fillette de sept ans peut-elle se méfier de ce genre de manœuvre ?

À ce stade de l'enquête, Kheli avait alors remonté plusieurs pistes et l'une d'elles l'avait conduit aux alentours de Lyon où, l'année précédente, trois enfants avaient tour à tour disparu, même scénario qu'en Bretagne.

Lorsqu'on les retrouvait, ils montraient tous un traumatisme psychologique important, semblaient dans un état second de dépendance à un mélange inconnu de différentes drogues.

— Le docteur Durand est formel. En comparant les analyses de sang opérées sur ces trois enfants, ainsi que celles de Géraldine Dupin et Aude Guegan à celle d'Ophélie Martin, il a retrouvé les mêmes caractéristiques, expliqua Gabriela.

— J'ai l'impression d'entendre la trame d'un mauvais roman de gare… soupira Robic en se passant la main dans les cheveux.

— Je sais.

— Et Isabelle, comment apparaît-elle dans ce trafic ? demanda le commissaire.

— Kheli a relevé plusieurs sites internet susceptibles d'abriter les films tournés pendant les enlèvements. Sur l'un de ces sites, il a téléchargé une séquence-vidéo montrant Isabelle Allio, partenaire d'une des victimes… termina Gabriela.

Il n'en fallait pas davantage à Jo. Il décrocha le combiné de son téléphone.

— Passez-moi le procureur.

Après quelques minutes, le commissaire raccrocha.

Puis, se tournant vers son inspecteur :

— La machine est en route. Et maintenant, où en êtes-vous ?

— J'ai enfin réussi à interroger Ophélie…

— Comment ça “enfin réussi” ? Se montrait-elle réfractaire à vos questions ?

— Non, pas elle. Mais Plagnes et Jehanno, pour des raisons de sécurité connues par eux seuls, nous ont interdit, à l'inspecteur Delage et à moi-même, de questionner leur témoin.

— Mais c'est invraisemblable ! Je savais déjà que ce commissariat versait à bâbord mais, en fait, c'est une déferlante qui est en train de le submerger !

— Qu'est-ce que vous voulez dire ? Il y a d'autres problèmes ?

— Euh… c'est juste une expression, mon petit. Poursuivez, que vous a révélé Ophélie ?

— C'est confus. Elle parle de bateau, d'atelier où les vidéos seraient filmées, de port… de plaisance ou de pêche, je l'ignore. Mais ça nous donne de nouvelles pistes.

— Suivez-les, je m'occupe d'Isabelle.

*

*   *

Daniel montait les marches de l'hôtel de police au moment où Gabriela descendait l'escalier venant de l'étage. Ils se retrouvèrent dans le hall.

— Alors, qu'avez-vous fait de vos économies ? Vous les avez placées sur un compte épargne ? lança cyniquement la jeune femme.

Dan ne releva pas. Il lui emboîta le pas alors qu'elle se rendait vers leur bureau.

— Vous avez pu voir Ophélie ? questionna-t-il, une fois la porte refermée.

— Oui.

L'inspecteur Delage resta en attente de quelques détails, mais en vain.

— Et alors ? renchérit-il.

— Mais oui, c'est vrai ! Vous n'étiez pas là ! Sans doute en train de sauver un quelconque avion en perdition au-dessus de la Bolivie… ou autre chose du genre !

Elle allait lui mentir. Ce n'était pas encore fait et pourtant elle culpabilisait déjà. Mais, après tout, pensa-t-elle, il me ment continuellement, inversons les rôles !

— Je n'ai rien obtenu d'Ophélie Martin. êtes-vous satisfait de la réponse ?

— Et les disquettes ? Elles sont toujours verrouillées ? demanda Daniel.

— À moins que Kheli, craignant pour sa vie, n'ait laissé des consignes pour qu'on me transmette une hypothétique lettre testamentaire révélant le code d'accès, je ne vois pas comment la situation aurait changé !

Cette fois, ce n'était pas vraiment un mensonge. Peut-être que Dan, doué comme il l'était, parviendrait à lire entre les lignes. Ou peut-être pas…

Gabriela saisit son blouson de cuir posé sur le dos de sa chaise. Alors qu'elle ouvrait la porte, la jeune femme se tourna vivement vers son coéquipier ;

— Vous n'entendez pas ? demanda-t-elle d'une voix blanche.

— Non, quoi ? interrogea-t-il en se rapprochant d'elle.

— Une sirène d'alarme… Il y a un vol à main armé à la banque de Métropolis ! Qu'attendez-vous pour vous envoler ? continua-t-elle avec un sourire ironique.

Daniel grimaça de bonne grâce.

— Je me suis taché lors de la catastrophe aérienne au-dessus de La Paz... Mon uniforme est chez le teinturier.

— Et vous n'avez pas de cape de rechange... Les super-héros ne sont plus ce qu'ils étaient ! On ne peut décidément plus leur faire confiance ! répliqua-t-elle avant de disparaître.

Dans le couloir, elle se remémora ses dernières paroles et toute l'ambiguïté qu'elles sous-entendaient si l'on considérait le fait que Dan n'avait de cesse de lui mentir.

« Mais pourquoi ai-je dit cela ? »

*

*   *

Mais pourquoi avait-elle dit cela ? Il n'avait pas mis longtemps avant de s'apercevoir que Marie planait. Il était habitué à ce genre de comportement. Mais, lorsqu'elle s'était précipitée vers lui en disant qu'il était gentil, qu'il fallait qu'il lui en donne encore, qu'elle en avait besoin et qu'elle lui offrait son corps en contrepartie, il était resté interdit.

— Que se passe-t-il ici ? interrogea Émilio.

— Tu n'aurais pas dû me suivre, Milio ! lâcha Shorty en secouant la tête.

Hubert demeurait en retrait. Ludovic s'avança et, saisissant Christina par le bras, la tira vers lui.

— Ce n'est pas ton jour, gamin… dit-il à l'encontre d'Émilio. C'est un lieu privé ici, personne n'assiste aux prises de vue. Ta copine a tout pour devenir une grande star du porno, peut-être qu'elle te dédicacera une copie de son dernier chef-d'œuvre… à titre posthume.

— Qu'est-ce que c'est que ces salades ? Lâche-la !

Le jeune homme attrapa la main de Christina avant d'ajouter :

— Nous, on se tire.

Shorty voulut s'interposer et Émilio lui envoya son poing dans la figure. Surpris, le supporter des Lakers n'eut pas le temps d'esquiver. Sa réaction ne se fit pas attendre. Sa main plongea sous sa veste et ressortit armée du pistolet qu'il gardait caché dans le dos, coincé dans la ceinture de son jeans.

— Toi, t'es mort ! aboya Shorty en pointant le canon sur son "ami".

Tout alla alors très vite. Il y eut une détonation et Émilio partit à la renverse. Il se raccrocha au lourd rideau opaque qui barrait la lumière du jour mais les fixations cédèrent et le tout tomba à terre avec fracas. Émilio continua de glisser lentement contre la vitre, y laissant une marque rougeâtre à mesure qu'il se rapprochait du sol.

Christina cria.

*

*   *

Quelques goélands voletaient au hasard des nuages. D'autres recherchaient sur les pavés du port de plaisance les miettes de pain que le léger vent de cette fin septembre dispersait çà et là. Accrochés aux différents pontons, les bateaux faisaient jouer leurs filins métalliques contre les mâts en un chœur dissonant. Et l'eau de la mer les accompagnait de son joyeux clapotis.

Indifférente au spectacle, Gabriela demeurait penchée sur le fichier d'enregistrement des bateaux du port. À ses côtés, l'officier en charge ne parvenait pas à l'aider.

— La période qui vous intéresse n'est pas des plus simples, Inspecteur. Avec les deux mois d'été et l'exceptionnelle arrière-saison dont nous bénéficions, il ne sera pas facile de trouver ce que vous recherchez.

— C'est certain. Pourriez-vous m'imprimer un listing des mouvements opérés dans le port du mois de juin jusqu'au week-end dernier ? demanda la jeune femme.

— Sans problème, Inspecteur.

Il manipula quelques touches de son clavier.

Gabriela saisit son portable pour appeler deux hommes de garde en renfort. Une minute plus tard, l'imprimante ronronnait gaiement. Le listing imprimé, Gabriela prit congé et sortit du bâtiment. Thomas Démézet et Sarah Hermann la rejoignirent sans tarder. Très vite, le listing fut divisé en trois et chacun des agents descendit sur les pontons pour prospecter.

Au bout d'une heure, cela n'avait toujours rien donné. Gabriela poursuivit pourtant la fin du ponton. Encore deux voiliers… Les plus éloignés du quai.

— Excusez-moi… Ohé ! Y'a quelqu'un ? demanda-t-elle.

Un homme jeune et imposant sortit de la cabine. Le soleil haut de midi lança des éclairs en effleurant ses cheveux retenus en queue de cheval.

Il s'approcha du bastingage.

— Bonjour… Je cherche Dieter Von Stein, dit Gabriela en montrant son insigne.

— C'est moi, répondit Dieter avec un fort accent allemand.

L'inspecteur Michel lui posa les mêmes questions qu'aux propriétaires précédents. C'était un simple contrôle de routine, avançait-elle. Von Stein répondit aux interrogations. Mentalement, Gabriela le raya de sa liste. Il lui fallait maintenant solliciter le dernier navigateur du ponton. Elle appela, sans succès. Au moment où elle s'apprêtait à rebrousser chemin, on l'interpella dans son dos.

— Vous cherchez quelqu'un ? demanda un homme longiligne.

Il était vêtu d'un pantalon de flanelle crème et portait une chemise de lin rose au col fermé jusqu'au dernier bouton. L'homme s'était exprimé avec préciosité et Gabriela se demanda aussitôt s'il en avait l'habitude ou si cela était dû au sparadrap qui lui barrait l'arête du nez.

— Effectivement, je cherche Ludovic Bertier. D'après le listing, ce voilier lui appartient… expliqua-t-elle.

— C'est exact. Pourquoi souhaitez-vous le rencontrer ? demanda l'homme.

— J'ai des questions à lui poser, dit-elle en montrant sa plaque. Inspecteur Michel, ajouta-t-elle en lui tendant la main.

L'homme marqua un temps d'arrêt.

— Ce n'est qu'un contrôle de routine, assura-t-elle afin de le tranquilliser.

Il lui serra la main, visiblement tendu. Il avait la réaction typique du citoyen qui, face à un flic, se demande toujours s'il n'a pas oublié de payer sa dernière contravention ou s'il a été flashé sans s'en rendre compte, l'autre jour, alors qu'il roulait à plus de 150 à l'heure sur la nationale ! En y pensant, Gabriela réprima un sourire.

— Vic n'est pas ici pour l'instant.

— Pourriez-vous lui dire de se mettre en relation avec moi dès son retour ? demanda-t-elle en lui tendant sa carte. C'est très important.

— Mais je croyais qu'il ne s'agissait que d'une enquête de routine…

« Houps… Il a oublié d'être bête celui-là ! », pensa Gabriela.

— Justement, nous essayons de faire au plus vite et il ne nous reste que peu de navigateurs à entendre. Vous seriez aimable d'en parler au plus tôt à monsieur

Bertier, renchérit-elle en tendant plus avant la carte de visite en bristol blanc que son interlocuteur avait ignorée.

Il s'en saisit après bien des atermoiements, la tourna et retourna entre ses mains parfaitement manucurées.

— Très bien, Inspecteur, je transmettrai le message à Vic, assura-t-il de sa voix haut perchée.

La jeune femme le remercia et fit demi-tour pour rejoindre le quai. Quelque chose en elle lui disait que cet homme n'était pas clair. Elle nourrissait l'intime conviction que Bertier ne viendrait jamais la voir et n'aurait pas parié un sou sur l'honnêteté apparemment sans tache de l'homme qu'elle venait de quitter.

Devant les terrasses des deux brasseries qui animaient le Quai de Rohan, Gabriela retrouva Thomas dont les recherches étaient restées infructueuses. Ensemble, ils attendirent Sarah qui semblait en grande discussion avec un couple de personnes âgées. À son retour, elle rendit compte de ses informations.

— Ça a donné quelque chose, Sarah ? s'enquit l'inspecteur.

— Rien du tout, si ce n'est ce couple de vieillards, là-bas… dit-elle en les désignant d'un geste.

— Oh oui, sûrement ! Deux petits vieux, kidnappeurs d'enfants et excentriques de surcroît, voilà ce qu'on lit tous les jours sur les manchettes des journaux ! ironisa Démézet.

— Ça suffit, Tom, laisse-la finir… Qu'ont-ils de si suspects ? demanda Gabriela.

— Absolument rien, mais ce sont de véritables concierges ! assura Sarah. Ils observent tout, tout le monde et tout le temps. Ils ont même recours aux jumelles, ils me les ont montrées ! Bref, j'ai donc appris que le petit jeune homme du troisième ponton change de fiancée toutes les semaines, que la femme de l'emplacement 44 promène son chien le soir à 19 heures 35 précises, et que les deux hommes du 107 doivent être des agents du FBI car ils regardent tout autour d'eux en partant et en revenant vers leur bateau et ce, à n'importe quelle heure du jour ou de la nuit.

— Le FBI ? Tu regardes un peu trop la télé, continua de plaisanter Thomas.

— Pas moi, ce sont leurs propres termes… et ils étaient on ne peut plus sérieux ! termina-t-elle dans un petit rire espiègle.

— Les deux hommes du 107 sont du FBI, reprit Gabriela. Voilà qui nous avance, on pourrait leur demander de l'aid… Attendez une minute ! 107 ! C'est sur mon listing, ça !

— Si tu crois que mes deux petits vieux s'interrogent sur le découpage qu'on a pu opérer… tu t'illusionnes, Inspecteur ! plaisanta Sarah.

— Je vous explique : l'emplacement 107 est au nom de Bertier Ludovic. Justement, je viens de discuter avec son coéquipier qui n'a guère semblé réjoui en découvrant ma plaque.

— Rien d'étonnant, les Français ne portent pas les flics dans leurs cœurs. C'est statistiquement prouvé ! lâcha Sarah.

— Non, il y a autre chose, renchérit l'inspecteur. Je songeais déjà à les mettre sous surveillance, au moins jusqu'à ce qu'on ait vérifié l'identité des bateaux qui ont déjà quitté le port, et, après les dires de ce couple, ça me conforte dans mon idée. Je vais mettre un agent en planque.

— Je peux rester, proposa Thomas.

— J'allais t'en prier, déclara son supérieur.

Il fut donc décidé que Tom resterait en surveillance sur le quai.

Sarah, quant à elle, retourna au commissariat où elle avait ordre de dresser la liste des bateaux ayant mouillé puis quitté le port de plaisance au cours des douze dernières semaines.

Sans vraiment y croire, Gabriela contacta de son côté madame Bellamy pour s'assurer qu'elle ou madame Lagrange n'avaient pas omis d'avertir les autorités dans le cas où Catherine serait réapparue… Comme elle s'y attendait, la jeune fille demeurait introuvable.

L'inspecteur allait rejoindre son bureau pour aider Sarah au dépouillement du listing lorsqu'une voix l'interpella.

La jeune femme se retourna vers la terrasse du Grand Bleu et remarqua Serge, attablé, qui la regardait d'un air faussement fâché.

— On joue les snob et on ne dit plus bonjour aux amis ! la héla-t-il.

— “On” ne t'avait pas vu et ce n'est pas le genre de “on” d'ignorer les personnes qu'elle connaît ! répliqua-t-elle du tac au tac.

— En pleine investigation, à ce que je vois ? poursuivit le secrétaire du parc technologique de Soye.

— Pourquoi ? Ça fait longtemps que tu m'espionnes ? Tu ne travailles pas ?

— J'ai pris ma matinée, répondit Serge. Tes collègues ne passent pas inaperçus avec leurs uniformes, continua-t-il pour embrayer sur le sujet abordé plus tôt. Et puis, je t'ai aperçue en train de discuter avec Hubert Moreau. Je ne savais pas que tu le connaissais.

Devant le silence de l'inspecteur, Serge poursuivit :

— As-tu réussi à savoir de quel gouvernement galactique ils dépendent ?

— Je te demande pardon ?

— Moreau. Rappelle-toi nos délires lundi matin au sujet de ces nouveaux locataires et leur société secrète.

— Qui est Moreau ? demanda Gabriela qui n'entendait rien à ce discours.

— La grande folle maigrichonne… Bon je sais, c'est pas sympa ce que je viens dire, chacun vit sa vie comme il l'entend. Tu discutais avec lui, sur le dernier ponton, il y a cinq minutes ! Tu ne connaissais pas son nom ?

— Non… Je cherchais un certain Ludovic Bertier. C'est à lui qu'appartient le bateau.

— C'est bien ça ! Moreau et Bertier ! Ce sont les nouveaux locataires de la pépi : les paranoïaques aux tentures noires…

— Il s'agit des deux hommes qui louent l'atelier ? interrogea Gabriela dont la surprise grandissante se lisait sur le visage.

— Exactement. Je croyais que tu le savais, répliqua Serge.

— Dis-moi, l'atelier est assez grand pour qu'on y entrepose du matériel cinématographique, n'est-ce pas ? demanda-t-elle à brûle-pourpoint.

— Oui, sans doute… Pourquoi cette question ?

— Pour rien. Je t'expliquerai plus tard ! Merci… ajouta-t-elle alors qu'elle quittait déjà la terrasse pour courir vers le commissariat.

*

*   *

Gwenaël Plagnes débarqua en trombe dans le bureau sans même prendre la peine de frapper à la porte.

— Changement de programme, Delage ! commença-t-il. C'est pour maintenant.

Daniel, surpris par la brusque entrée de son collègue ne sut cacher sa stupéfaction.

— Comment ça maintenant ? Je croyais que le départ était prévu pour vendredi, dans la soirée… déclara-t-il.

— C'est ton iceberg préféré qui a modifié nos plans. Le chef est catégorique : il ne veut pas que la cargaison tourne court. Il ne peut pas se permettre d'attendre trente-six heures ; de plus, le fret est déjà au mouillage alors le départ est avancé ! C'est tout, t'as rien à dire ! On n'est pas payés pour penser ! continua Plagnes.

— Heureusement pour toi, parce qu'avec ton CV t'aurais jamais été embauché ! ne put s'empêcher de dire Daniel.

C'en était trop pour le policier. Ce dernier saisit son arme de service, fit une clef de bras à Delage et lui colla la tête contre son bureau, le canon du revolver sur la tempe.

— Écoute-moi bien, bonhomme, parce que je ne le répéterai pas ! C'est la dernière fois que tu te permets ce genre de réflexion à mon égard. Sinon, je t'explose la tête et ta cervelle de moineau ira nourrir les poissons de l'océan ! Compris ?

— Compris… répéta Delage d'une voix grave.

Plagnes desserra son étreinte.

— C'est mieux. Rendez-vous dans une demi-heure au dock B, je dois prévenir Philippe. Si tu croises Michel d'ici-là : flingue-la ! Elle nous emmerde.

Daniel réfléchit très vite. Il lui fallait gagner du temps.

— Ce n'est pas une bonne idée… J'veux dire, qu'un flic tue un autre flic ! Ça ferait tache… Et puis, dans ce cas précis, ce serait du gâchis !

— Explique-toi.

— Je me la ferais bien quand même. Pourquoi ne pas faire croire à un petit dealer qui viole un flic avant de la buter ! Tu dois avoir dans tes dossiers un gogo pour porter le chapeau.

— Tu ne penses qu'à ça !

— Regarde son cul, sans parler du reste ! Elle a un caractère de chien, mais ça doit être un sacré coup ! renchérit Daniel.

Il se tut un instant et, devant le regard cynique de Plagnes, se dit qu'il devait pousser plus loin son bluff… Il excellait à ce jeu-là… et pas seulement au poker !

— Et puis, tu n'as pas vraiment le choix.

— Comment ça ? rigola Gwen.

— S'il n'y a pas un gus pour servir de bouc émissaire, l'enquête finira par aboutir à la vérité. Les flics n'aiment pas qu'on tue l'un des leurs, ça les rend méchants et hargneux ! Si la vérité se sait, je tombe. Et si je tombe, je vous entraîne tous autant que vous êtes dans ma chute !

— Fais ce que tu veux, je te trouverai un pigeon ! Mets-la hors-circuit, t'as vingt minutes.

« Gagner du temps ! Chaque instant compte, je dois absolument gagner du temps ! » ne cessait de se dire Daniel.

— T'es gentil, mais je ne sais même pas où elle est. Il me faudra plus de vingt minutes pour la coincer, prendre mon pied et lui régler son compte, tu sais !

— À 13 heures au dock B, je ne peux pas faire mieux. Pour info, Gabriela est au port de plaisance ! lâcha Gwenaël en sortant du bureau.

Une heure. Daniel n'avait qu'une heure pour prévenir qui de droit et faire capoter la Route des Épices…

XII

Jeudi - 11 heures 30.

De guerre lasse, Louise Overstone posa sur le sous-main de cuir le crayon qu'elle tenait. Cela faisait plus de six heures qu'elle travaillait et, bien que la matinée ne fût pas achevée, la jeune femme songeait déjà avec délice à la salade de poulet à l'ananas qu'elle souhaitait déguster au restaurant vietnamien de la rue de la Marne.

Pierre était en présentation à l'hôtel de ville sur la campagne du prochain Festival Interceltique et il ne rentrerait pas avant le milieu de l'après-midi. Par chance, les clients ne s'étaient pas bousculés sur le visioconférence pour réclamer des corrections de maquettes de dernière minute et les télécopies s'étaient faites rares.

Ce fut donc sans trop de remords que la publiciste s'accorda sa pause-déjeuner plus tôt qu'à l'accoutumée. Il ne lui fallut pas plus de deux minutes pour fermer l'agence et rejoindre sa voiture.

Dehors, le soleil était éclatant et haut dans le ciel. « Encore une belle journée ! » pensa-t-elle.

Elle s'apprêtait à monter dans l'automobile lorsque son regard fut attiré par un mouvement des rideaux qui condamnaient les grandes baies vitrées de l'atelier tout proche. Les larges tentures noires s'agitèrent violemment avant de se décrocher et ce fut à cet instant que Louise l'aperçut.

Il était jeune, brun et son visage, pour lors déformé par la surprise et la souffrance, devait être beau.

Alors qu'Émilio s'affaissait contre la vitre, sa main gauche tenait encore le rideau pendant que, de la droite, il tentait en vain d'endiguer le sang précieux qui s'échappait de sa blessure au ventre. En retrait, une jeune fille avait la bouche grande ouverte et les yeux exorbités : elle hurlait d'effroi, Louise l'aurait parié.

Sans réfléchir plus avant, la jeune femme abandonna sa voiture et se précipita vers la porte de l'atelier. À l'intérieur, elle se retrouva nez à nez avec trois hommes. Le plus jeune était armé, tandis que les deux autres restaient impassibles.

Christina n'en croyait pas ses yeux. Il lui semblait être prisonnière d'un cauchemar hideux. Peut-être est-ce la folie de l'instant qui la libéra un peu de l'emprise de la drogue.

Elle se jeta sur le corps d'Émilio. La tête du jeune homme roula de côté. Ses yeux ouverts étaient fixes et étrangement calmes. Elle hurla de nouveau.

— Que s'est-il passé ? demanda Louise à l'assistance.

Alors qu'elle terminait sa phrase, elle se dit que ce n'était pas le genre de question à poser et son esprit eut à peine le temps de formuler quelques hypothèses que, déjà, Shorty retournait le canon de son arme dans sa direction.

— Du calme, Shorty ! cria Hubert. Tu en as assez fait pour aujourd'hui.

Il s'avança et désarma le jeune homme.

— Touche pas à ça, Bébert ! se défendit Shorty.

— Ça suffit, blanc-bec ! La ferme ! imposa Hubert. Maintenant vous allez m'écouter, ajouta-t-il en fermant la porte d'un coup de pied.

Il saisit Louise par le bras et cala le pistolet contre ses côtes. Elle ne s'était pas imaginé qu'il eût autant de force, mais la douleur de son avant-bras droit ne laissa planer aucun doute.

*

*   *

Jeudi - 12 heures 15.

En sortant du bureau de Joseph Robic, l'inspecteur Delage alla directement voir Sarah Hermann.

— Excusez-moi, Sarah, je dois parler à l'inspecteur Michel de toute urgence et le commissaire m'a dit que vous saviez où la joindre.

— Elle vient de partir à l'instant pour le Parc de Soye, informa l'agent. En vous dépêchant, vous avez une chance de la trouver au parking, conseilla-t-elle.

— Merci Sarah.

Et, la laissant là, Daniel se précipita vers le parking attenant au bâtiment principal de l'hôtel de police.

— Gabriela ! la héla-t-il alors qu'elle entrait dans son véhicule.

La jeune femme parut l'ignorer superbement. Dan décida de se poster devant le capot de l'automobile. La réaction de la conductrice ne se fit pas attendre.

— Vous avez un problème, Delage ? Vous m'empêchez de passer ! ragea-t-elle.

— Je crois déceler une pointe d'animosité dans votre douce voix, très chère…

— Ça suffit ! Vous souhaitiez peut-être me dire quelque chose ? suggéra-t-elle d'une voix faussement calme.

— Exact, mais allons à l'intérieur, c'est très important, insista Daniel.

— S'agit-il de Christina ou de Catherine ? Y a-t-il du nouveau ?

— Non, mon cœur, c'est autre chose, répliqua-t-il en s'avançant vers la portière.

— Dans ce cas, ça ne m'intéresse pas ! déclara-t-elle en écrasant la pédale d'accélérateur.

— Non ! Je plaisantais ! C'est très important ! Je dois vous parler ! Gabriela ! Gabriela !

Pour toute réponse, elle lui fit un signe de la main par la vitre baissée et bientôt la 205 disparut au coin de la rue suivante. « Quel con ! J'aurais dû lui dire qu'il y avait du nouveau sur son affaire. Elle serait venue et je lui aurais dit toute la vérité. Si jamais Gwen ou Philippe la voient… Je dois la rattraper ! »

Il se dirigea à grands pas vers le bureau de Sarah qu'il avait quitté dix minutes plus tôt.

— Comment se rend-t-on au Parc de Soye ? demanda-t-il de but en blanc en saisissant une carte qui traînait sur une étagère.

*

* *

Jeudi - 12 heures 15.

A cette heure-là, le Biz'Ness Café était comble. Les premiers étudiants arrivés avaient pris d'assaut la terrasse pour profiter du soleil tout en devisant sur leurs cours magistraux, et les retardataires s'étaient entassés à l'intérieur.

À une table, près du billard, Catherine tournait et retournait le bâtonnet de plastique vert translucide qui nageait au milieu des glaçons de son diabolo kiwi. De petites bulles éphémères s'échappaient de la limonade sans pour autant réussir à attirer l'attention de la jeune fille. Elle attendait le retour d'Émilio et nourrissait la folle espérance de le voir revenir accompagné de Christina.

Christina… Marie !

Rien d'étonnant à ce que son amie ait choisi ce pseudonyme afin de cacher sa véritable identité. Sa fascination pour "Élisa" avait encore frappé ! À cette pensée, l'inquiétude qui rongeait Catherine s'estompa légèrement.

Pour la troisième fois en deux minutes, la jeune fille consulta sa montre. Que faisait donc Émilio ? Il aurait déjà dû être de retour.

Comme pour répondre à son attente, la double porte battante s'ouvrit et Catherine crut ses prières exaucées, pourtant ce fut Shorty qui apparut sur le seuil. Dès son entrée, il fit signe au barman de lui servir une bière, puis dirigea ses pas vers la salle de jeu et vint s'installer en face de Catherine.

— Où est Émilio ? demanda-t-il en retirant sa casquette fétiche.

— Je... je ne sais pas, répondit-elle après une brève hésitation. Il avait un truc à faire ce matin, je crois... continua-t-elle de manière évasive.

Le jeune homme se passa rapidement la main dans les cheveux avant de réajuster la casquette violette sur le haut de son crâne. Il joua ensuite machinalement avec le bock placé devant lui puis le porta à ses lèvres et en but plus d'un tiers.

« Shorty semble nerveux », nota mentalement Catherine, « et pourtant il ne sait pas où trouver Émilio... » Elle en déduisait que la filature était restée insoupçonnée. Émilio ne tarderait plus à arriver maintenant et elle songea avec amertume que les recherches concernant Christina n'avaient sans doute pas évolué.

— Et il ne t'a pas dit ce qu'il comptait faire ce matin ? questionna encore Shorty.

— Non, rien… je viens de te le dire ! Qu'est-ce qui se passe ?

— S'il ne t'a rien dit, c'est cool… reprit le jeune homme en ignorant la question de Catherine.

*

*   *

Jeudi - 12 heures 25.

Gabriela voyait déjà se profiler à l'horizon la silhouette immense du chêne qu'elle avait failli percuter en début de semaine. Bientôt elle serait à Soye. Le destin vous joue parfois des tours pendables – elle ne le savait que trop – mais que son enquête trouve sa solution au Parc Technologique, ce lieu si familier, cela lui semblait irréel. Pourtant les pièces enchevêtrées du puzzle s'étaient finalement mises en place d'elles-mêmes. Les réflexions involontaires de Serge, la lettre testamentaire autant que providentielle émanant de Kheli, les propos désordonnés d'Ophélie Martin… tout cela prenait aujourd'hui un nouveau sens et se recoupait à la perfection. L'inspecteur Michel roulait vers l'atelier de Ludovic Bertier et Hubert Moreau. Elle roulait vers la vérité !

La jeune femme ralentit quelque peu son allure à la hauteur du rond-point. Ce fut au moment où elle s'y engageait que son regard accrocha le buggy noir qui clignotait pour sortir du cercle d'asphalte. Ce n'était pas tant la voiture qui avait retenu son attention que l'émotion qu'elle avait ressentie en découvrant Christina à la place du copilote. Sans perdre un instant, la 205 fit le tour complet du giratoire et suivit le véhicule sombre. À présent, ce dernier semblait rejoindre le centre-ville de Lorient. L'inspecteur s'empara de son micro pour contacter le commissariat. Gabriela ne pouvait pas laisser échapper Christina, mais il ne fallait pas que Bertier, alerté par son associé, en profite pour mettre les voiles. La jeune femme réclama donc qu'une équipe se rende au Parc de Soye.

— Méfiez-vous, ils peuvent être dangereux. J'ai toutes les raisons de penser qu'ils ont déjà tué un homme. L-3 terminé.

— Bien reçu, L-3, faisons le nécessaire. Central terminé.

Le feu tricolore qui approchait passa au vert. Le buggy tourna à droite. La 205 le suivit.

*

*   *

Jeudi - 12 heures 25.

Qu'il est difficile de se diriger dans une ville inconnue lorsque l'on est pressé et que chaque seconde qui passe peut être la dernière !

Il semblait à Daniel qu'il ne parviendrait jamais à rattraper Gabriela et la peur que leurs ennemis ne la retrouvent avant lui ne faisait qu'augmenter son stress.

« Mais pourquoi respectent-ils si scrupuleusement les limites de vitesse et ces satanées priorités à droite ? » pestait Daniel par la vitre baissée.

Il aurait dû prendre une voiture de service. La sienne n'était pas encore équipée et, en cet instant précis, cela lui manquait cruellement !

« Désolé, grand-père, mais je travaille, moi ! » commenta-t-il en refusant le droit de passage à la voiture qui arrivait à sa droite.

Peut-être l'individu travaillait-il également, mais, pour l'heure, l'inspecteur Delage n'en avait cure. Il roulait le plus vite possible et tentait de se frayer un chemin à travers le trafic. Certes, c'était le parcours le plus direct pour rejoindre Soye, mais non le moins emprunté !

« Et la priorité à droite, Dugenou ! Tu ne sais pas à quoi ça sert ? Je te ferais sauter ton permis si je n'étais pas si pressé ! » ragea-t-il en écrasant lourdement la pédale centrale pour éviter la camionnette.

Celle-ci l'imita. La jeune femme qui se tenait derrière le volant semblait paniquée en songeant à l'accident qui aurait pu avoir lieu. Le moteur cala alors qu'elle se confondait en gestes d'excuses à l'égard de Daniel. L'inspecteur réprima une réflexion misogyne, contourna la camionnette et poursuivit son chemin en râlant de plus belle.

Un feu vert et trois kilomètres plus tard, Daniel

rejoignait à son tour le large rond-point qui menait au Parc Technologique.

S'il s'en remettait aux informations de Sarah, il devait demander au secrétaire l'atelier du dénommé Bertier… Là, il retrouverait Gabriela. De gré ou de force, il lui ferait entendre la vérité. Il lui expliquerait les tenants et aboutissants de la Route des Épices et la tiendrait éloignée de toute l'affaire. Sur ce troisième point cependant, Daniel pressentait qu'afin de convaincre sa collègue, la force lui serait sans doute utile…

En définitive, tout cela se présentait comme un jeu d'enfant.

L'inspecteur pénétra dans le hall du bâtiment au moment où une jeune femme verrouillait la porte de verre sur laquelle on pouvait lire en lettres blanches le mot « *Accueil* ».

— Excusez-moi, je souhaiterais que vous m'indiquiez où je peux trouver l'atelier de monsieur Bertier… demanda Daniel.

— Vous savez l'heure qu'il est ? répondit son interlocutrice avec une grimace. C'est la pause-déjeuner. Faudra revenir cet après-midi ! Et puis il est sûrement déjà parti, lui !

Daniel resta coi un instant.

— J'ai cru que je vous avais parlé français, mais manifestement je ne me suis pas fait comprendre. Vous avez deux solutions ma p'tite dame, s'énerva l'inspecteur. Ou vous m'amenez devant la porte de son bureau et vous me l'ouvrez, ou vous me suivez au commissariat et on discute tous les deux de l'heure qu'il est et de la signification profonde des termes “entrave à la justice”, ajouta-t-il d'un ton emphatique en sortant sa plaque officielle.

Devenue soudainement blafarde, la jeune femme obtempéra aussitôt et, bientôt, ils furent devant une porte laquée de gris.

— C'est un atelier privé. Je ne sais pas si je peux… Vous avez un mandat de perquisition ? demanda la femme de but en blanc.

— Cessez de regarder les feuilletons américains… En France, ce n'est pas obligatoire. Même Julie Lescaut vous le dira ! conclut Daniel en agitant à nouveau sa plaque sous le nez de son interlocutrice.

La clef tourna dans la serrure et, avec le cliquetis d'une belle mécanique, la porte céda sur un atelier quasiment désert.

Les larges tentures avaient été raccrochées à la hâte et un léger rayon de lumière perçait la pénombre.

Instinctivement, Daniel empêcha la secrétaire de pénétrer et la retint d'un geste tandis que, de sa main libre, il plongeait sous sa veste pour sentir la crosse de son arme. « Au cas où… » pensa-t-il.

Il entra le premier et chercha parmi les ombres sa coéquipière. Soudain, son sang se glaça : l'inspecteur venait d'apercevoir une forme oblongue, couchée sur le sol. Un corps humain. Daniel se précipita vers lui et, alors que la secrétaire actionnait l'interrupteur, il découvrit non sans soulagement que ce n'était pas Gabriela. Immobile, gisant à terre, un jeune homme d'une vingtaine d'années le fixait de ce regard vide qui caractérise les défunts.

— Appelez la police, lança Daniel à la jeune femme.

— Mais je croyais que la police, c'était vous !

Daniel se releva, laissant ainsi apparaître le corps sans vie d'Émilio. Elle étouffa un cri.

— J'appelle une ambulance, souffla-t-elle.

— Ce n'est pas la peine, répliqua le policier d'une voix grave.

— Est-ce qu'il est…

— Ça ne fait aucun doute. Contactez la police, s'il vous plaît.

— Oui, balbutia-t-elle.

Elle tourna les talons au moment où les sirènes retentissaient au loin.

— Vous avez fait vite, vous êtes terriblement efficace ! plaisanta Daniel pour détendre l'atmosphère.

Sa blague tomba à plat.

— Je vais chercher vos collègues, déclara la secrétaire avant de quitter les lieux.

Daniel fouilla dans ses poches et en ressortit une paire de gants en plastique qu'il enfila afin de pousser plus avant ses investigations.

La pièce principale avait été soigneusement déménagée. Rien n'avait été laissé au hasard. L'inspecteur se dirigea vers la petite pièce contiguë.

Une bourrasque semblait avoir tout ravagé. L'armoire était béante. La table, renversée dans l'angle, et une chaise, couchée sur le côté. Plus loin, un portant sur roulettes n'arborait qu'une dizaine de cintres vides. On avait fait le ménage en vitesse, pensait Daniel. Il avança vers l'armoire. Rien. Se retourna vers la table et découvrit à cet instant le second corps : une femme, cette fois. Il s'en rapprocha tout en notant que la blessure apparente sur le haut du front saignait abondamment mais semblait sans gravité. Il constata que le pouls de la jeune femme battait normalement. Les cheveux éparpillés dissimulaient son visage. Avec délicatesse, le policier les écarta et sa surprise ne fut pas feinte lorsqu'il reconnut le doux visage de Louise.

— Louise ! Louise ! Répondez-moi.

La pommette droite de la jeune femme était tuméfiée. Sa lèvre supérieure avait explosé sous les coups qu'elle avait dû recevoir. Avec mille précautions, Daniel vérifia qu'elle n'était pas blessée davantage. Elle avait une côte cassée.

— Les salauds, jura-t-il. Louise, Louise… ça va aller maintenant, c'est fini… Je suis là, poursuivit-il d'une voix douce.

Il la releva légèrement… Les yeux de la jeune Anglaise cillèrent avant de révéler les prunelles noires.

— Dan… That's you*…

---

*That's you : c'est vous.

Dans un réflexe, elle porta la main à son front et une grimace déforma son visage.

— What's happened ? Where are they ?... The young man* ? demanda-t-elle en le fixant intensément.

— C'est fini, répéta Daniel. Comment vous sentez-vous ?

— Badly**, répondit-elle en s'efforçant de sourire. Sorry***... elle venait de se rendre compte qu'elle ne s'était exprimée que dans sa langue natale. Je suis contente de vous voir ici.

— Une fois j'ai joué le rôle du prince charmant dans une pièce scolaire, répliqua-t-il. J'avais été assez bon !

Un nouveau sourire étira les lèvres tuméfiées de son interlocutrice.

— Que s'est-il passé ? Que faites-vous là ? demanda Daniel. Où est Gabriela ?

— Gaby ? Je ne l'ai pas vue. Pourquoi ?

— Racontez-moi ce qui s'est produit ici.

— Je partais déjeuner. En bas, j'ai vu la Twingo rose bonbon de Moreau... Cette voiture m'amuse, c'est tellement son style !

— Rose bonbon ? Vous êtes sûre ?

— Oui. C'est après que le rideau de l'atelier a bougé. J'ai aperçu le garçon, son tee-shirt était plein de

*The young man : Le jeune homme.
**Badly : Mal.
***Sorry : Désolé.

sang. Quand il est tombé, il m'a semblé que la fille, derrière lui, hurlait. Alors je suis entrée…

Elle fit une pause, Son front se plissait de manière irrégulière à mesure que sa mémoire lui distillait les images.

Daniel comprenait son émoi, mais son impatience allait grandissante.

— Que s'est-il passé une fois à l'intérieur ? l'encouragea-t-il.

Elle humecta ses lèvres gonflées et poursuivit.

— C'est allé tellement vite… Quand j'ai pénétré dans l'atelier, je me suis retrouvée face à *une* jeune type à casquette. Il tenait encore l'arme. Derrière lui, Moreau et Bertier ne disaient rien. L'autre jeune homme était étendu sur le sol, la fille agenouillée à ses côtés. Elle paraissait hystérique, and he died*. Enfin je pense…

L'inspecteur opina du chef.

— Moreau a pris l'arme et l'a braquée sur moi.

— Moreau et… Bertier ? Qui sont-ils ?

— Les locataires, précisa l'anglaise. On ne savait pas en quoi consistait leur activité mais, quand j'ai remarqué le lit immense au centre de la pièce, entouré d'appareillages de prise de vue, j'ai eu quelques doutes. Bien sûr, ils pouvaient avoir la commande du dernier catalogue Dunlopino mais la fille portait un déshabillé de dentelle blanche, alors…

---

*And he died : et il est mort.

D'instinct, la jeune femme voulut se lever mais la douleur la stoppa dans son geste.

— Vous avez une côte cassée, l'informa Daniel.

— Wonderful* ! maugréa-t-elle.

Avec précaution, elle se redressa davantage contre le mur et grimaça violemment.

— Je ne sais pas si la fille est pleinement consciente de ce qu'elle fait. Elle semblait assez jeune, et pas dans son état normal. Vu comment ils l'ont saisie au moment du départ, je doute qu'elle soit là de son plein gré.

Il y eut un instant de silence puis, de concert, ils s'exclamèrent :

— Un kidnapping ?

— Non, il n'y a pas eu de disparition de signalée, juste deux filles qui ont... fugué ! poursuivit Daniel qui commençait à mettre les morceaux du puzzle en place.

Était-ce possible que ces dénommés Bertier et Moreau, ce dernier qu'il aurait bien identifié comme étant le leader de la Route des Épices, aient par quelque stratagème mis la main sur Christina ou Cathy ? Cette hypothèse expliquerait du même coup les dérangements qu'occasionnait l'enquête de Gabriela et le meurtre de Kheli qui en savait trop...

« C'est sûrement là que se trouve la solution ! » pensa l'inspecteur.

---

*Wonderfull : merveilleux.

— Il faut que vous tiriez cette fille du guêpier dans lequel elle est tombée, Dan. Je sais où elle est, mais il faut faire vite. Moreau n'a pas prêté attention à moi lorsqu'il a donné ses ordres aux deux autres. Il sait que je suis sourde…

— Sourde ? répéta l'inspecteur.

— A la suite d'une grave maladie, j'ai perdu l'audition, Gab ne vous l'avait pas dit ? Bref, par contre, pour lire sur les lèvres, i'm the best* ! Et ça, Moreau l'ignorait. Ils ont tout déménagé vers leur bateau. Ils sont au port de plaisance, la fille est avec eux. Le jeune à casquette – je crois que Moreau l'a appelé Shorty – devait retourner dans un café du centre, le Biz' Ness Café, pour y récupérer une autre fille…

— Vous avez eu de la chance, Louise… Je ne comprends pas qu'ils vous aient laissé la vie.

— Je suppose que Shorty a cru m'avoir réglé mon compte, et il y a *mon* bonne étoile !

Deux policiers entrèrent à cet instant dans la pièce.

— Vous avez fait vite, les gars ! commenta Daniel.

— C'est l'inspecteur Michel qui nous envoie. Elle a prévenu par radio.

— L'inspecteur Michel ? Où est-elle ?

— Elle se rendait au bassin à flot, au port de plaisance, pour une opération.

— OK, les gars, je vous laisse. Il y a un macchabée à côté. Cette jeune personne, continua-t-il en

---

*I'm the best ! : je suis la meilleure !

désignant Louise, a une côte cassée. Prenez bien soin d'elle.

Il se retourna vers l'Anglaise.

— Louise, je vous laisse entre de bonnes mains. Merci pour les informations.

— Et Gaby ? Et la fille ?

— Mon vrai nom, c'est Superman. Je vais les sauver !

Sur ces mots, il prit congé.

*

* *

Jeudi - 12 heures 30.

La pièce était sobrement meublée et représentait l'idée même que l'on s'en faisait : une table de bois toute simple en son centre, une chaise de chaque côté, un large miroir plaqué sur l'un des quatre murs. Il n'y avait là ni fenêtre ni baie vitrée et, seule, une porte en permettait l'accès. Une salle typique d'interrogatoire… Isa avait pris place sur la chaise la plus éloignée de la porte. Le commissaire Robic lui-même lui faisait face et deux autres agents se tenaient debout, légèrement en retrait de leur supérieur.

— Isabelle, mon petit, soyez raisonnable. C'est une bouée de sauvetage que je vous lance. Si vous vous obstinez à garder le silence, je ne peux plus rien pour vous.

Celle-ci ne dit mot mais le léger tremblement de

sa lèvre inférieure montra à Robic que la volonté de la jeune femme était en train de vaciller.

— Vous allez sombrer en eaux profondes, moussaillon ! déclara Robic en se levant de sa chaise.

L'un des agents présents ouvrit la porte pour laisser passer le commissaire.

— Attendez !

Isa avait parlé. Elle avait rompu le silence. D'un geste brusque dont la nervosité trahissait son mental, elle sortit une cigarette du paquet posé sur la table.

Jo Robic était revenu sur ses pas et s'était réinstallé sur la chaise qu'il venait de quitter. Il sortit de la pochette de sa chemise un briquet en acier poli, l'alluma et le présenta à la standardiste.

Après avoir tiré deux longues bouffées, elle reprit la parole :

— Si je parle, si je vous dis la vérité, ce que j'en sais, êtes-vous sûr de m'obtenir la complaisance du juge ?

— Vous n'éviterez pas la prison, mais vos révélations seront prises en compte et il est bien entendu que votre coopération ne sera pas ignorée. Mais il faut que vous nous disiez tout et tout de suite ! insista Robic.

— Posez vos questions, lâcha Isa.

XIII

Jeudi - 12 heures 41.

Gabriela eut tôt fait de repérer Christina et l'homme qui l'accompagnait malgré la foule bigarrée du port de plaisance en cette heure de pause-déjeuner.

Comme elle l'avait prévu, l'homme se dirigea vers l'appontement de Bertier et, après avoir fait grimper Christina, se hissa à bord du voilier à son tour. Puis ils disparurent en cabine.

L'inspecteur Michel stoppa sa voiture sur le quai des Indes et attendit.

— Inspecteur Michel à Central.

— Central, j'écoute.

— Je suis toujours à la poursuite des méchants.

— Besoin de renforts ?

— Quatre agents en civil et gilet pare-balles seraient les bienvenus pour un gymkhana au port de plaisance. Le voilier de l'emplacement 107.

— Bien reçu, Inspecteur, je fais le nécessaire.

— Terminé.

Elle sortit de sa voiture et ouvrit son coffre. Elle en retira un gilet pare-balles qu'elle passa sous son cuir. A cet instant, l'homme suspect réapparut sur le pont. Il sauta sur le ponton et commença à détacher les amarres.

— Merde ! lâcha Gabriela. Attends quelques minutes, mon pépère, et je te serre !

Mais comme l'homme ne paraissait pas répondre à ses suppliques, l'inspecteur décida d'agir. D'un geste automatique, elle vérifia le chargeur de son arme. Avec ce genre de type, mieux valait être parée à toute éventualité…

Elle rejoignit le pont, descendit sur les pontons en direction du voilier. A son approche, elle remarqua que le moteur tournait déjà et que les manœuvres d'appontage s'opéraient. Une légère angoisse la saisit lorsqu'elle empoigna le bastingage.

Gabriela n'aimait pas les bateaux et même la barque de son pêcheur de père l'avait toujours laissée inquiète.

Cependant, elle mit le pied sur le pont, enjamba la rambarde et se retrouva sur le voilier. La jeune femme jeta un coup d'œil en direction du commissariat dans l'espoir d'apercevoir ses renforts. En vain.

Le bateau allait quitter le port, mais elle ne le laisserait pas partir seul. Tant de mois d'enquête, tant d'atrocités perpétuées, Kheli… Surtout pour lui, il lui paraissait inconcevable de laisser échapper cette occasion.

Au fur et à mesure que le port de plaisance s'éloignait, Gabriela ne pouvait s'empêcher de songer aux remarques acerbes que Pierre n'aurait pas manqué de lui faire au vu de la situation. Et, pour une fois, pensait-elle, il n'aurait peut-être pas eu tout à fait tort.

Ce fut dans cet état d'esprit qu'elle pénétra dans la cabine. Elle descendit les quelques marches et sortit son revolver. Elle poursuivit sa progression et ouvrit la première porte à droite. Il s'agissait d'une sorte de bureau. Plusieurs dossiers s'empilaient sur la table. Elle fouilla rapidement. Ce n'était que factures et bons de commande. Soudain, elle dénicha ce qu'elle cherchait, la preuve infaillible, un bordereau faisant état d'une transaction de cassettes vidéo au même nom que le site internet découvert dans les fichiers informatiques de Kheli. Agrafé au bordereau, un listing détaillait les noms des ordures qui se délectaient de ce genre de production cinématographique. L'inspecteur s'en empara et le glissa dans la poche intérieure de son blouson.

A présent qu'il était sorti des zones portuaires, le bateau prenait de la vitesse. Le mal-être de Gabriela allait crescendo. Que n'aurait-elle donné pour être ailleurs, sur la terre ferme, cependant il fallait retrouver Christina et livrer Bertier à la justice. Il était temps qu'il paye, pour Christina, Géraldine, Aude, Ophélie, Kheli et les autres…

L'image de Julien lui traversa l'esprit et tout devint limpide à ses yeux. Quoi qu'en dise son ex-mari, si elle continuait ce jeu, c'était pour éviter que ces drames se reproduisent.

C'était pour cela qu'elle se battait et qu'elle poursuivrait son combat !

Essayant d'écarter le fait qu'être en pleine mer pouvait engendrer d'immenses complications, elle quitta cette première pièce et avança dans le couloir.

Alors qu'elle approchait de la deuxième porte, elle perçut quelques gémissements. Gabriela tourna la poignée. Celle-ci résista.

L'inspecteur rangea son arme et fouilla dans ses poches pour en ressortir un petit étui en velours ras. Elle en extirpa deux crochets fins et les introduisit de manière appropriée dans le verrou ; la serrure céda d'un coup sec.

A l'ouverture de la porte, Christina sursauta. Elle se replia sur elle-même dans le coin de la cabine.

— Chut… ne crains rien… Ce sera bientôt fini, ma puce, on va quitter ce bateau, murmura Gabriela en s'approchant doucement.

La jeune fille ouvrait des yeux ronds inexpressifs et ne semblait pas comprendre un traître mot de ce qui venait de se dire.

— Christina, tu m'entends ? Chris ?

L'évocation du diminutif parut la sortir de sa torpeur.

— Qui êtes-vous ? Que me voulez-vous ?

Elle tira maladroitement sur le déshabillé de dentelle blanche qu'elle revêtait toujours.

— Aidez-moi… lâcha-t-elle enfin à voix basse sans quitter sa position de repli.

Son regard se faisait plus intense, presque suppliant mais comme résigné par avance.

— Je vais t'aider, Chris. Je suis là pour cela. Je suis inspecteur de police. Aie confiance en moi, assura Gabriela en lui tendant la main.

Une seconde, une éternité, s'écoula avant que Christina n'esquisse un geste et que leurs mains ne se joignent.

— Émilio… Ils ont tué Émilio… Shorty a tué Émilio ! Il est mort !

La voix de Christina s'était faite forte et Gabriela ne put s'empêcher, tout en s'asseyant à ses côtés, de jeter un regard inquiet en direction de la porte. Il ne fallait pas attirer l'attention sur elles.

— Chut, répéta-t-elle en déposant son index sur les lèvres tremblantes de la jeune fille.

Elle attira Christina vers elle et l'aida à se lever. Cette dernière tressaillit.

— J'ai froid…

Gabriela fit rapidement l'inventaire de la pièce. Comme rien ne semblait répondre à son attente, elle retira son blouson et le fit enfiler à sa protégée.

Mais, brusquement, la porte s'ouvrit avec violence et Gabriela n'eut que le temps d'écarter Christina avant le choc. La jeune femme perdit l'équilibre et se cogna contre le mur. Même si sa réaction fut prompte, elle eut un temps de retard par rapport à leur assaillant, et ce dernier s'était déjà saisi de Christina alors que Gabriela le mettait en joue.

— Police. Lâchez-la immédiatement ! Vous êtes en état d'arrestation ! déclara Gabriela tout en se demandant ce que sa tirade aurait comme effet sur ce genre d'individu.

— OK, poulette ! Admettons que je n'obtempère pas… commença Bertier tout en agitant son arme sur la tempe de son otage.

« Mais pourquoi les méchants ne sont-ils jamais coopératifs ? » songea l'inspecteur à regret.

— Je serai contrainte de tirer, répondit-elle.

— La loi t'interdit de tuer un homme de sang-froid ! railla Bertier.

— Cas de force majeure. Lâchez-la ! Je ne plaisante pas.

— Et si j'appuyais sur la gâchette pour m'en assurer… Le genre : je tire, tu tires, mais c'est trop tard. Pas de bol, la fille est morte et…

— Cessez vos discours ! l'interrompit-elle. Et essayez de voir votre intérêt dans cette histoire…

— N'me coupe pas la parole ! Ça m'énerve !

Et tout en prononçant ces mots, il resserra son étreinte sur Christina qui, visiblement, aurait donné n'importe quoi pour ne plus jouer le rôle de l'innocente victime de ce scénario improvisé.

— Imagine-la se vidant de son sang et toi en face, sans aucun recours. Tu sais ce que c'est que de voir quelqu'un mourir ? Avec ton job, peut-être. Mais, dans ce cas précis, il s'agit d'une môme qui a toute la vie devant elle. Elle s'est juste trouvée au mauvais endroit, au mauvais moment… Chienne de vie ! Enfin bref, la fille est là, mourante, et elle te regarde avec ses yeux vides et fixes. Représente-toi bien cette image et tire donc si tu le veux encore ! termina Bertier en armant son automag.

— Du calme ! cria Gabriela d'une voix blanche.

Dans son cerveau en ébullition, des images de son passé trop douloureux se superposaient à la scène qu'elle avait devant les yeux. Julien. Si on lui avait donné l'alternative ce jour-là, peut-être serait-il toujours en vie. « Julien… » Ses mains s'étaient mises à trembler. « Julien… » Une sueur froide courait dans son dos. « Julien, Christina… »

Gabriela laissa tomber son arme au sol.

— C'est un bon choix, ricana à nouveau Bertier en tournant le canon vers elle. La fille vivra.

Il y eut une détonation. Un cri, celui de Christina. Son visage perdit de sa netteté, devint de plus en plus flou. La pièce tourna. Le noir.

*

*　　*

Jeudi - 12 heures 45.

Un quart d'heure… Il n'avait plus qu'un quart d'heure ! Au volant de sa voiture qui roulait à vive allure vers le commissariat, Daniel replaçait mentalement toutes les pièces du puzzle qui s'imbriquaient maintenant les unes aux autres à la perfection.

— Delage à central, répondez.

Le grésillement caractéristique de la radio répondit à l'appel du policier.

— Central à l'écoute, interpella enfin une voix.

— Demande position de l'inspecteur Michel.

— L'inspecteur Michel était au port de plaisance. Elle a demandé des renforts pour une opé à risque mais on vient d'apprendre que le voilier suspect a quitté la marina… Nous sommes sans nouvelle de l'inspecteur. Je répète, nous sommes sans nouvelle de l'inspecteur.

— Merde ! Passez-moi Robic !

— Un instant.

Daniel fulminait et une angoisse grandissante lui tiraillait l'estomac.

— Robic. Je vous écoute, Delage.

— Il me faut une fréquence sûre.

— Passez au canal 17. Je vous rappelle.

Le temps pour Daniel de se battre avec deux priorités à droite et la radio reprit.

— C'est bon, Delage, vous pouvez parler, pressa Robic.

— Gabriela est en danger. Ses deux enquêtes en cours sont liées.

— Elle est déjà au courant…

— Sympa de m'avertir ! Mais il y a plus, Gabriela est en train de court-circuiter la Route des Épices… Ils veulent l'éliminer, comme ils l'ont fait pour Kheli !

— Vous êtes sérieux ?

— Je suis convaincu qu'Hubert Moreau, un des types que Gabriela a dans le collimateur pour séquestration de mineures, est aussi le cerveau des pourris qui arnaquent le système judiciaire et remettent en circulation outre-Atlantique la drogue mise sous scellés ici !

— Qu'allez-vous faire ? Votre rendez-vous est à quelle heure ? demanda Jo.

— A 13 heures, autant dire tout de suite ! J'espère que Gaby n'a rien… Je serai vite fixé.

— Je mets les gardes-côtes sur le coup du voilier. Il me faut un flag, Delage. J'ai un témoin, mais prendre ces salauds en flagrant délit, ça vaut toutes les preuves du monde ! J'ai mis le dispositif en place en périphérie du site. Vous êtes couvert, mais soyez prudent tout de même !

— Pas de problème, Chef, “prudent” c'est mon deuxième prénom !

Il raccrocha et mit le cap sur le port de pêche.

*

*   *

Jeudi - 13 heures 19.

Elle toussa à deux reprises. Une douleur lui déchira le ventre. Elle prit un profonde inspiration, mais la fumée qu'elle inhala la fit tousser à nouveau. Péniblement, elle ouvrit les yeux à demi. Chacun de ses mouvements lui demandait un effort colossal. La semi-obscurité qui régnait autour d'elle lui était familière et, au loin, cette lueur diffuse, une compagne fidèle.

Pourtant la douleur était bien présente. Pas comme d'habitude. Pas comme autrefois. Pas comme dans toutes ces nuits hantées par des souvenirs vivaces.

Elle essaya de se relever. Sans succès. Roula sur le dos et lutta pour ne pas sombrer dans le néant. Elle se raccrochait à cette lumière rougeâtre comme à une bouée de sauvetage.

— Aidez-moi ! Au secours !

Une voix dans la nuit. Johnny.

Non, Johnny était mort ce jour-là. Elle le savait à présent. C'était le passé... le passé, son passé ! L'avenir appartenait à cette voix !

— On va mourir...

A cette réplique, elle cilla, puisa jusqu'au tréfonds d'elle-même toute l'énergie qui lui restait et parvint à gagner la position assise. Le plus dur était fait. La douleur, toujours la douleur... vaincre cette douleur !

Le gilet pare-balles n'avait pas résisté au tir à bout portant de Bertier... Des munitions en tungstène de calibre 44... Oui, se rappelait-elle, ce genre de balle perforait facilement tout et n'importe quoi à une telle distance. Mais l'heure n'était pas à un cours de balistique...

Une fumée de plus en plus dense l'entourait de toutes parts. C'était le même scénario, le feu, le bateau, la panique, la mort… Non ! Pas cette fois. Elle se retrouvait prisonnière de ses propres craintes, mais il lui incombait de les surmonter pour survivre.

Gabriela se redressa totalement. Après l'avoir étudié avec attention, l'incendie ne lui parut pas aussi destructeur qu'au premier abord. Cependant, le feu pouvait à tout instant entrer en contact avec le carburant, et boum ! Leur histoire se terminerait en feu d'artifice…

La fumée qui envahissait tout annihilait ses repères et ses notions d'espace, pourtant Gabriela devait se concentrer sur la voix qu'elle avait perçue un moment plus tôt.

A tâtons, elle s'orienta vers une échelle métallique qui liait la petite salle des machines exiguë où elle se trouvait aux cabines situées juste au-dessus d'elle. La jeune femme commença la montée des premiers barreaux de l'assemblage. La douleur toujours tenace se ralluma comme un brasier dans son ventre. Elle poursuivit son effort et gagna finalement la marche la plus élevée. La trappe rabattue était lourde et paraissait scellée. Était-ce l'énergie d'un dernier espoir vacillant ou la terreur qui s'emparait davantage d'elle à mesure qu'elle avalait cette fumée toujours plus épaisse, toujours plus âcre, qui lui donna la force de bouger enfin l'abattant ? Le policier n'aurait su trancher.

Une fois la trappe ouverte, la fumée s'engouffra plus aisément dans la cabine et un cri d'effroi retentit simultanément.

— Chris… Christina… appela l'inspecteur tout en achevant sa pénible ascension.

— Aidez-moi ! Je suis attachée ! Aidez-moi ! articula la jeune fille.

Gabriela la découvrit en effet ficelée à une chaise. Sans doute Christina en tentant de se détacher, avait-elle fait basculer le siège au sol. L'inspecteur Michel se traîna plus qu'autre chose vers la jeune fille. Elle parvint à lui ôter le ruban adhésif qui enserrait ses poignets. Mais, alors qu'elle s'attachait à libérer les longues jambes fuselées, Gabriela grimaça violement et commença à s'affaisser.

— Cette fois, on ne s'en tirera pas… murmura-t-elle. Non. Cette fois, c'est la fin… Je suis désolée Chris… termina-t-elle avant de se laisser aller totalement contre le parquet lustré du bateau.

Christina ne semblait pas l'entendre de cette oreille. A présent, elle avait les mains libres, la délivrance était à sa portée !

*

* *

Jeudi - 13 heures 03.

— Qu'est-ce que t'as foutu, Delage ? Tu devais t'occuper de Michel ? hurla Gwen à l'encontre du policier qui venait d'entrer dans l'entrepôt.

A cette heure, le port de pêche était anormalement désert, mais Plagnes et Jehanno ne semblaient y prêter attention.

— Allez les enfants, on y va ! déclara Moreau qui s'était tenu en retrait jusque-là. Toi, le nouveau… approche.

Daniel s'exécuta. Face à lui, la gravure de mode trahissait, dans ses gestes, la nervosité qui l'habitait.

— Tu as réglé son compte à la fille, comme convenu ?

— Elle ne nous causera plus de tracas, répondit Daniel du tac au tac.

— Bien. Tu étais une bonne recrue selon Plagnes, dommage que tu arrives sur le tard…

Delage chercha à comprendre le sens caché de cette ultime phrase, mais Moreau s'expliqua sur le champ de lui-même.

— Chargez ces caisses ! Il s'agit là du dernier voyage. Ça devient trop dangereux. Il faut nous faire oublier. Ça ne sert à rien de pousser le bouchon. Vos retraites sont assurées maintenant, alors je boucle la Route des Épices.

Sur ces mots, il saisit une caisse et la plaça sur le haut d'une pile de trois. Delage s'approcha, lui saisit le bras et renchérit en sortant son arme.

— En parlant de boucler… Je vous arrête pour trafic de stupéfiant.

— Qu'est-ce que tu racontes, Dany ? s'étonna Philippe avec un demi-sourire. T'es pas sérieux ?

— Je crois que si, inspecteur Jehanno, prononça alors la voix de Robic à travers l'entrepôt.

Et, à cet instant précis, une trentaine d'agents de

police armés apparurent de toutes parts. Gwenaël Plagnes fut le premier à jeter son arme et à lever les bras en l'air. Delage poussa un soupir de soulagement en son for intérieur.

Les trois suspects n'opposèrent aucune résistance et leur arrestation fut réglée en peu de temps. Trop de temps cependant quant à Daniel dont chacune des pensées s'orientait dans la même direction : mettre Gabriela et Christina en sûreté avant que Bertier ne leur tombe dessus. Son instinct de policier lui dictait que chaque minute perdue importait et que le temps gaspillé devenait son plus redoutable ennemi.

— Des nouvelles de Gabriela ? Le voilier de Bertier a-t-il été repéré ? demanda-t-il à son supérieur.

— Pas encore, mais Démézet est en contact avec les gardes-côtes. Dès qu'il saura…

— Commissaire ! Commissaire ! interpella justement Thomas qui arrivait au pas de course.

— A-t-on la position du bateau ? réitéra Daniel au nouveau venu.

— Oui, ça y est, il a été localisé. J'ai une autre info à vous transmettre, dit Thomas en se tournant vers Robic. Le dénommé Shorty a été appréhendé, comme vous le souhaitiez. Les collègues ont arrêté une fille avec lui. Celle de la DDASS : Catherine Bellec.

— Catherine ? intervint Delage. Bien. Des nouvelles de l'inspecteur Michel ? Le voilier, où est-il exactement ? Je veux accompagner les gardes-côtes !

— Suis-moi.

*

*   *

Jeudi - 13 heures 25.

La vedette des gardes-côtes eut tôt fait de rejoindre le voilier.

— Mon Dieu… lâcha Daniel en découvrant l'embarcation en proie aux flammes. Plus vite, les gars, ma coéquipière est sur ce maudit raffiot !

— Ça risque de sauter à tout moment, Inspecteur, répliqua le capitaine.

— Justement !

— Désolé, mais je ne peux pas risquer l'équipage. Il faut envoyer les plongeurs.

— Grouillez-vous ! On n'a plus le temps de…

L'explosion soudaine du voilier coupa court à la conversation.

*

*   *

Jeudi - 18 heures 40.

Il restait immobile sur le banc dans ce couloir à l'atmosphère glaciale. L'attente était interminable.

Pour tromper le temps qui semblait avoir stoppé sa course folle, Daniel refit le lacet de sa chaussure gauche, tira machinalement sur le haut de sa chaussette et lissa le bas de son pantalon.

Plus loin, l'ascenseur s'ouvrit dans un joyeux carillon et Pierre en sortit.

— Comment va-t-elle ? l'interrogea Daniel.

— Il lui faudra du repos, mais elle s'en tire bien au vu des circonstances. Lou est quelqu'un de solide, termina Pierre.

Daniel opina.

— Tant mieux, ajouta-t-il simplement. Elle sait pour Gabriela ?

— J'ai réussi à éviter le sujet jusque-là, répondit son interlocuteur.

Par association d'idées, il porta son attention vers la double porte du bloc opératoire près de laquelle son beau-père et Jo Robic discutaient.

— Au moins son enquête a abouti, reprit Pierre au bout d'un moment.

— C'est un bon flic, répliqua Daniel.

— Tu parles ! persifla l'ex-mari.

— Vous lui en voulez toujours d'être restée dans la police ?

— C'est trop dangereux ! La preuve est là, non ?

— C'est risqué, c'est vrai. Mais c'est sa vie ! fit remarquer Daniel.

— Je sais… Et maintenant voilà où nous en sommes… J'ai déjà vécu cela une fois. Je ne veux pas recommencer.

— Voyez le bon côté des choses… Pierre. Sans Christina, elle y restait à coup sûr ! Là, elle est vivante !

*

* *

Christina était parvenue à se libérer totalement. Elle avait hissé Gabriela jusqu'au pont.

S'apercevant que le canot de secours restait introuvable, sûrement Ludovic s'en était-il servi pour fuir, la jeune fille avait attaché deux bouées de sauvetage entre elles.

Après avoir fait glisser Gabriela, ainsi harnachée, dans l'eau, elle l'avait rejointe et fait son possible pour les éloigner du voilier en flammes.

Après l'explosion du bateau, les plongeurs-sauveteurs les avaient vite repérées et secourues.

Gabriela, qui avait perdu beaucoup de sang et dont l'état demeurait préoccupant, avait immédiatement été héliportée à l'hôpital.

Le voilier avait volé en morceaux et, avec lui, toutes les preuves matérielles de la culpabilité de Bertier.

Mais, encore une fois, Christina avait sauvé la situation : elle portait toujours le blouson de cuir de l'inspecteur Michel et, de ce fait, puisque dissimulée dans la poche intérieure, la seule preuve encore intacte.

*

* *

Thomas Démézet arriva sur les entrefaites et tira Daniel de ses réflexions.

— Bertier a été coincé. Je voulais juste vous l'apprendre. Et Gaby ?

Delage répondit par la négative. Non, ils n'avaient pas encore de nouvelles... Cela faisait presque cinq heures que Gabriela était entrée au bloc. Presque trois cents minutes d'attente, d'angoisse, de questions, d'espoir...

Quand les portes battantes du bloc se rouvrirent, Daniel Delage, Pierre Michel, Joseph Robic et Yannick Le Bourvellec étaient dans l'expectative.

— Tout s'est bien passé, déclara le chirurgien.

FIN